Naima Guerziz

LES TISSEUSES

EDITIONS LEMART

“Naima Guerziz nous raconte une des odyssées les plus périlleuses de notre époque. Un roman émouvant, traversé par une humanité et une générosité inoubliables.”

Alain Mabanckou

PROLOGUE

J'ai du mal à respirer, je cherche mon souffle. Je me débats pour qu'on cesse de me comprimer. Je suis encore plus compressée et des pensées me viennent. Ils veulent ma mort. Je suis la seule femme, c'est une raison suffisante pour commettre un féminicide, car ma présence les dérange. Je n'ai pas ma place parmi eux, ils m'étouffent. Un éclair surgit et déchire la voûte céleste. La mer s'embrase d'étincelles. Des hommes se lèvent. On leur ordonne de s'assoir. Ils refusent. On en vient aux mains. Le bateau se met à tanguer. Une furie s'abat sur les eaux qui, comme une hydre en colère, se transforment en puissance monstrueuse. L'embarcation est déroutée. Elle nous ballotte de droite à gauche et de gauche à droite. La bourrasque balaie tout sur son passage. Je respire un peu. Nous sommes secoués, une partie d'entre nous est éjectée. Notre coquille de noix se balance sous le poids du vent et des vagues. La voilà toupie qui s'agite et tourne fébrilement sur elle-même. Les corps s'entrechoquent. Des cris inaudibles montent au ciel. Les éléments sont tellement déchaînés qu'ils font un vacarme du tonnerre de Dieu.

Le petit moteur artisanal a lâché à quelques kilomètres du lieu d'accostage. Impossible de faire demi-tour. On braille, on pleure, on gigote, on se noie. Je respire.

Peu à peu, le rafiot se vide. La tempête propulse des poignées d'êtres humains coup sur coup. Nous ne sommes plus que trois, nous attendons notre tour. Un de mes compères me fixe, comme s'il souhaitait se souvenir de chaque détail de mon visage. Il s'attarde sur mes grands yeux marrons aux cils arqués, il suit du regard mon nez légèrement écrasé et dessine ma bouche avec ses doigts tremblants. Il me crayonne des lèvres pulpeuses qu'il ponctue d'un grain de beauté harmonieux. Il s'approche avec précaution, je lui souris comme pour faire naître chez lui l'espoir. La nostalgie d'être vivant le rend heureux. Soudain, il rit, je le suis dans ses éclats. Cet individu m'émeut. Au milieu de cette étendue humide jaillit une poussière de légèreté, une minute de bonheur irréaliste. La vie ne veut pas laisser à la mort sa part de gravité.

Là, en cet instant de délicatesse, je nous sens éternels. Alors, il prend une mine austère, se pince les narines, les obstrue complètement. Je tente de l'en dissuader. Je ne suis pas assez forte. Je ne parviens pas à l'en empêcher. Je ne sais combien de temps je me démène pour qu'il arrête, j'en ai mal aux poignets. Il s'effondre, emmenant avec lui mon image. Il tombe à la renverse, sa chute fait céder définitivement la barque. Les planches de bois rudimentaires prennent l'eau, craquent sous l'intensité du déluge. Ce n'est plus la mort que je redoute, mais l'enfer maritime. Le dernier passager et moi, nous nous accrochons avec la force du désespoir à des brindilles moisies. Nos existences ne nous appartiennent plus. Je vomis mes tripes. Mon cœur résonne dans la profondeur qui serpente. Le spectacle est cruel, les dépouilles éparpillées dans cet inconnu dévastateur sont empoignées par les flots.

Je ressens l'effroi jusque dans ma vessie qui grelotte de peur et se vide. Je ne sais plus si c'est moi ou la mer qui s'évacue. Je n'en peux plus des hurlements, de la désolation. Je suis à la frontière de la mort. La terreur s'empare de moi, je prends part à la tragédie, emportée par une déferlante gigantesque. Je suis comme un linge qu'on trempe et qu'on ressort pour l'égoutter. À plusieurs reprises, je remonte à la surface avant de m'enfoncer très bas, là où la lumière ne passe presque plus, là où il fait tout noir, là où l'obscurité devient solide. Je me bats. À chaque fois que je me retrouve aux portes du néant, je pousse sur mes jambes et rebondis avec rage. Enfin, le calme. Mes compagnons d'infortune ont disparu. Je suis seule. Des cadavres surgissent des fonds marins. Un silence mortifère. L'apocalypse a eu lieu dans cette chaloupe qui s'est effritée. Des vies se sont noyées. Spectacle horrible de chairs rouillées.

Bogolan : coton imprégné d'une décoction de feuilles d'arbres, agrémenté de symboles tribaux réalisés avec de la boue séchée. Un bon rinçage permet d'en extraire l'excédent. Ce textile est entièrement fabriqué à la main et est cent pour cent naturel. Les nuances claires, comme l'ocre, proviennent d'une mixtion de soude, de céréales et de cacahuètes.

Première partie

1

Espérance ne me l'a pas tout de suite avoué. Il lui a fallu me connaître et être sûre que je ne la trahirai pas. Elle a d'abord raconté sa traversée en barque, puis m'a expliqué que, comme dans un miracle, un petit ballot imperméable est venu à elle. Je n'ai jamais cru à ses salades. Elle narrait comme un griot avec des gestes amples. Elle mimait les vagues, imitait le bruit de la houle, faisait résonner les silences. J'y étais. Son périple, elle l'a transformé en odyssée.

Mais Espérance est retournée au Mali. Elle doit être dans les airs, en train d'admirer les nuages qui s'écartent pour lui laisser entrevoir Bamako. Elle côtoie certainement déjà les aigrettes garzettes au bec en forme de poignard alors que moi, je déambule dans ma ville comme une ratée. J'erre dans les rues de Paris. Je me perds à Montmartre et longe les quais de Seine.

T'es où ?

Cela fait dix fois que je reçois ce message auquel je n'entends pas répondre. Krim me rappelle à lui de manière insistante. Il m'agace à s'inquiéter démesurément pour moi. J'ai envie de répondre avec violence à son acharnement. Je m'apprête à chevaucher un Vélib' quand, devant moi, au 182 rue Saint-Honoré, mon image se réfléchit. J'apparais sur la devanture de l'immeuble de manière dysmorphique. Un corps disgracieux et court sur pattes. Mes seins ronds, qui m'ont tant enorgueillie, ressemblent à deux marguerites fanées. Krim s'obstine. Son opiniâtreté m'exaspère.

Qu'avons-nous encore à nous dire ? Espérance n'est plus là.

T'es où ?

Je cavale dans Paris. Je pédale dur jusqu'au jardin des Tuileries, roule vers le Louvre. Les klaxons me somment d'accélérer. Mes pieds s'agitent. Ma tête se vide. Je remonte l'avenue des Champs-Élysées. Mes talons hauts appuient difficilement sur le pédalier. Mon pantalon Zadig & Voltaire, taille 42, incrusté de fleurs, me colle à la peau comme un collant de cycliste qui n'évacue plus la transpiration. Mes jambes sont trop lourdes. Je me débarrasse du deux-roues, récupère mon sac Louis Vuitton dans le panier. Il contient ce Smartphone noir mat qui m'importune. Sur le pont Mirabeau, je me déchausse. J'ai l'allure nonchalante d'une Parisienne fatiguée, escarpins en mains. Il faut que je songe à m'acheter des sneakers. Quelle journée interminable ! Des gouttes salées dégoulinent de mon front. Mon fond de teint ruissèle. Je me réfugie au palais de Tokyo, où Houellebecq, que je n'ai jamais lu parce qu'il me fout le cafard, m'oblige à *Rester vivante*. Dans son exposition, je nage sur un parterre de cartes postales, je piétine les plus belles plages du monde, je tombe et résonne sur le sable. Je me relève, chemine vers les toilettes. Je le connais comme ma poche, cet endroit. J'urine abondamment. Je rabaisse la lunette, tire la chasse d'eau. Je viens de noyer allégoriquement Espérance. Bon débarras ! Je me dirige vers le lavabo. Cette fois-ci, dans le miroir, se projette ce que je suis viscéralement. Une quinquagénaire qui a de la classe. Je pose mes mains manucurées sur ma poitrine et la remonte énergiquement. Je m'émerveille devant mon sourire de bâtisseuse de destins. J'ai la mine triomphante. Sans prétention aucune, je suis une des plus jolies femmes de Paname !

T'es où ?

Lâche-moi !

J'arrive à l'appartement. J'ai de bonnes nouvelles !

Je ne veux plus t'y voir !

***

Espérance est devenue ma colocataire à ma demande : « Chez moi, c'est grand. J'ai de l'espace. Tu y seras mieux que porte de Clignancourt ». Elle était en galère. J'avais besoin de quelqu'un à qui parler et avec qui rire. Mes amies se mariaient ou enfantaient. Mon monde s'assagissait. Je m'ennuyais éperdument. Moi, j'aime le feu, j'aime quand ça brûle, j'aime quand ça pétarade, j'aime quand autour de moi, ça s'agite. À cette période-là de ma vie, tout était trop linéaire. Sa présence, en quelque sorte, me divertissait, apportait un peu de saveur à la monotonie de mon quotidien.

Au début, son calme fusionnait parfaitement avec mon exubérance. Je ris fort, je montre à qui veut, dans des décolletés exagérément plongeants, ma poitrine. Quand je communique avec les autres, je suis très tactile. Je sais que cela met mal à l'aise, je prends alors un malin plaisir à embarrasser mes interlocuteurs. Je suis comme cela ! Je touche à tout et à tout le monde. Elle n'appréciait pas que je pose mes mains sur elle. Elle amorçait toujours un geste de recul qui me freinait.

Krim, son petit ami, était toujours collé à elle. Il y avait quelque chose de bancal dans leur relation. Il était plus attaché à elle qu'elle n'était amoureuse de lui. Elle ne le regardait pas. Il cherchait son attention comme un enfant. Je ne leur ai jamais connu de gestes affectueux. Pas de baisers en ma présence. Aucune tendresse. Pas de surnoms niaiseux. Ils ne s'effleuraient même pas du regard. Krim était beau, il l'est encore. Un regard bleu couché sur un minois perpétuellement bronzé. Il m'a tout de suite plu. Il s'adressait rarement à moi.

Je n'existais pas. J'étais transparente. J'exécrais cette distance qu'il établissait entre lui et moi. Il me jugeait pour ce que j'étais, « une vraie Parisienne ». Je l'insupportais. Il me donnait envie de le conquérir. J'ai toujours été attirée par les hommes qui se refusent à moi. Il semblait s'arranger pour ne jamais se retrouver nez à nez avec moi. Il ne parvenait pourtant pas à se dérober. Puis, tout a basculé.

- Désolé, je ne savais pas que tu étais sous la douche ! Je te croyais partie.

- Tu n'as pas à être désolé.

Instinctivement, je me suis mise face à lui. Il y avait dans ce qu'il laissait transparaître un je-ne-sais-quoi qui m'y autorisait. J'ai fait tomber ma serviette de bain de mon buste. Il a baissé la tête. Je lui ai pris les mains et fait tâter mes rondeurs. J'ai senti sa gêne, ses doigts qui se crispaient, refusaient.

- Si tu ne me touches pas mieux que ça, je lui dirai que tu es entré dans la salle de bains dans l'unique but de me reluquer.

J'ai planté mes yeux dans les siens, déconcertés ; il a rétorqué :

- C'est faux !

- Elle croira que c'est vrai.

Il ne m'a plus jamais dit non.

- Tu étais où ?

Krim se présente à moi débraillé, la barbe mal taillée, les traits tirés. Une déformation de sa splendeur passée. Une caricature. L'absence d'Espérance l'a rendu laid. Je déteste l'ascendant qu'elle exerce encore sur lui.

- Je ne veux plus te voir ! Tu comprends ça ?

Il n'a pas l'air de saisir et court me remplir un verre d'eau. Il m'implore de recouvrer mes esprits.

- Elle est bien arrivée à Bamako. Elle demande après toi. Elle n'arrive pas à te joindre.

- Elle ment !

Il approche ses paumes de mon visage.

- Ne me touche pas !

J'étouffe.

- Dégage ! lui dis-je.

Il insiste pour rester. Son téléphone sonne, il le positionne contre mon oreille et chuchote, ravi :

- C'est elle !

Je lui fais signe de s'éloigner, il ne bouge pas. Je le trouve lamentable. Dommage qu'Espérance ne puisse pas le voir, elle profiterait de cette revanche que la vie lui sert.

- Tu étais où ?

Je respire profondément.

2

Je me lève et j'avale un Doliprane. L'appartement n'est plus une forteresse, mais un lieu hostile, un terrain miné par le passé. Les empreintes de la présence d'Espérance y sont parsemées. L'endroit me renvoie à ce café du matin, à ce petit déjeuner au cours duquel nous exposions nos plans pour faire fructifier toujours plus Bogolan Inc. Ses effets personnels n'y sont plus. Elle est pourtant encore là. Un peu de son parfum ne s'est pas évaporé. J'ouvre toutes les fenêtres. Il faut que l'air se renouvelle.

J'entends dans la rumeur extérieure le bruissement de nos corps, à Krim et moi. Ils se frottaient à demi-nus. Là, je vois nos pieds qui se caressaient, nos mains qui s'effleuraient derrière son dos. Cette jouissance me revient comme un boomerang. Ma tête explose. J'enfile à la hâte un pantalon rouge et un sweat de la même marque. Je voudrais saccager la moindre réminiscence d'Espérance, pulvériser son existence.

Le silence et ma mémoire me fouettent de l'intérieur. Je dois sortir. Je dévale l'escalier en colimaçon de l'avenue du Président-Wilson, recouvert de moquette pourpre, passe devant la loge de la gardienne que j'oublie de saluer, longe le hall décoré de miroirs sans jeter un seul regard à ma silhouette. L'heure des comptes a sonné. Je m'installe à la première terrasse de café venue, juste en face du musée de l'Homme. Nous y avions nos habitudes. Le souvenir de nos rires, de nos chicaneries et de nos cancans jaillit. Elle ne me laisse aucun répit.

- Qu'est-ce que je te sers ce matin ?

- Un double expresso.

Le garçon tourne les talons. Je pianote sur mon portable, réfléchis au décalage horaire avec New York. Prince dort-il ? Comment va-t-il recevoir la nouvelle de l'expulsion de celle qu'il aime ? M'en voudra-t-il ? Lui qui sait donner du bonheur, lui qui partage sans compter la gaieté avec celles et ceux qui en ont besoin, acceptera-t-il de me revoir ? Espérance est à l'origine de sa propre mésaventure. Elle a eu ce qu'elle méritait. Elle a accepté de lui révéler, à lui aussi, une part de sa légende. Il y a cru les yeux fermés, à son mythe de la naufragée. Il était fasciné par son conte. Je savais que ces deux-là s'étaient enfin trouvés. Ils étaient la part l'un de l'autre. Mais moi, il me plaisait. Je cherchais à attirer à moi tous les hommes qui la désiraient. Je les méritais bien.

- Tu dors ?

- Je suis en train de boire mon café.

- Tu arrives bientôt ?

- Où ?

- À la boutique.

- Tu y es ?

- Oui !

Je pose mon Smartphone, irritée. Le propriétaire du bistrot, qui est un ami de longue date, se joint à moi.

- À ce qu'il paraît, deux agents de police sont venus chercher Espérance chez Prince. Tu étais au courant ?

Je réagis de la même manière que lorsqu'on m'a annoncé la chute des tours du *World Trade Center*. J'ai un certain talent d'actrice.

- Non !

Il demande :
- Tu savais, toi, que ses papiers étaient faux ?

Je prends un air troublé :

- Qu'est-ce que c'est que cette histoire ?

3

Mon père et ma mère ont vécu un temps en Afrique lorsque j'étais toute petite. Je n'ai aucun souvenir de cette époque. Quand papa a choisi d'y rester définitivement, maman a refusé. Elle est rentrée en France avec moi. Elle a repris ses cours d'anthropologie à la faculté et est tombée amoureuse d'un de ses étudiants. Mon père en a toujours voulu à ma mère. Il a tenté de garder le lien après notre retour, mais très vite, il s'est remarié et a eu des enfants. Mes parents m'ont oubliée, ont privilégié leur propre vie. Cet appartement où je vis, c'est un cadeau de mon grand-père. À sa mort, j'ai hérité de tout. Ma mère n'a pas reçu un sou. Il m'a tout légué. Je suis devenue une femme d'affaires spécialisée dans le textile de luxe et les articles de mercerie. À Paris et en proche banlieue, quatre boutiques sont à mon nom.

Espérance, je l'ai justement rencontrée dans un de mes commerces. Elle a d'abord été mon employée, la meilleure. Espérance, je l'ai faite ! Espérance, j'ai voulu l'éliminer ! Il m'aura suffi de quelques mots griffonnés anonymement pour réorienter le cours de son existence.

« Madame, Monsieur,

Espérance Valonga, adresse qui suit, vit en France clandestinement depuis plusieurs années. Elle s'est inventé une identité. Elle n'est pas née au Rwanda, mais dans un village proche de Bamako. Je vous joins tous les documents attestant de la véracité de ce que je vous écris ici. »

Assez rapidement, l'administration a exigé des éclaircissements. J'étais la seule à posséder la clé de la boîte aux lettres. Le premier courrier lui donnait rendez-vous à la préfecture. Je l'ai détruit dans la broyeuse. La seconde missive, plus autoritaire, direction broyeuse également. La troisième, intimidante, broyeuse encore. Le point de départ de ma délation : une information qui m'a été révélée par une des maîtresses de Prince. Je me faisais coiffer exclusivement chez elle. Elle avait confiance en moi. Quand une femme croit que vous êtes son amie, elle livre ses secrets, confesse ses doutes.

Dans une ambiance cocooning, entre la pose de la teinture, les coups de ciseaux et le brushing, elle s'est libérée :
- J'aime Prince !

- Je le sais…

- Il ne m'aime plus !

Il ne t'a jamais aimée, grosse gourde.
Je fais semblant de la comprendre.

- Tu en es sûre ?

- Oui ! Il échange depuis quelque temps par WhatsApp avec ta colocataire, j'ai fouillé dans sa messagerie. Il est vraiment amoureux d'elle.

Bonté divine.
Elle poursuit.

- Tu imagines, il n'arrive plus à avoir de relations sexuelles avec moi !

- Tu racontes des conneries. Tu es si belle, ce n'est juste pas possible.

Une vraie conversation qui ne mène nulle part.

- Ils ont décidé de vivre ensemble !
Je sursaute.

- J'ai pris le temps de lire tous leurs messages, un à un. Espérance ! Tu y crois, toi ? Il est amoureux d'une fille qui n'a aucun style ! La seule chose de bien chez elle, c'est toi, ma chérie.

Je refuse d'y croire.

- Pourquoi ne te débarrasses-tu pas de cette gratteuse ?

- Ne te fais pas de bile, elle ne se mettra pas avec lui, elle lui raconte des sornettes ! C'est une vraie mytho ! Je m'en suis rendu compte et bientôt, on n'entendra plus parler d'elle. Elle va retourner à l'expéditeur.

- Je sais de quoi tu es capable, tu me rassures.

Quand j'ai osé demander des explications à Prince, il m'a répondu sèchement : « De quoi tu te mêles ? ». Il avait toujours été dans la retenue. J'ai senti qu'elle allait prendre une grande place dans sa vie. J'ai senti qu'elle allait toutes nous évincer. J'ai senti que bientôt, je devrais m'éclipser. Bientôt, je ne pourrais plus être son interlocutrice privilégiée. Bientôt, il n'aurait plus besoin d'une copine pour l'accompagner dans Paris, la nuit. Bientôt, je ne pourrais plus faire saliver ses fans. Bientôt, je ne pourrais plus m'afficher avec lui sur les réseaux sociaux. Et moi, je ne pouvais pas vivre sans lui et sans tout ce prestige. Moi, je me suffisais de sa présence. Moi, avec lui, le sexe n'était pas nécessaire. J'avais Krim et c'était très bien comme ça. Grâce à la notoriété de Prince, j'étais redevenue une Parisienne en vogue.

4

Des musiciens s'essayaient à des djembés, des guitares ou des maracas. L'ambiance était à la fois chaleureuse et étouffante. Sur le coup, nous n'avons pas reconnu le célèbre artiste, cheveux gris, vêtu pour l'occasion d'un jogging ample et chaussé de baskets rouges. On aurait dit un joueur de la NBA à la retraite. Sur les plateaux de télévision, il s'affichait toujours en dandy. Il avait déjà chanté avec Sting, Madonna et Christina Aguilera. Il nous a reçues avec un large sourire et des paupières fatiguées : « *Welcome !* »

Il a jeté un coup d'œil intéressé sur les portants. Tout lui plaisait. Nous nous réjouissions. Prince a enfilé certaines créations pêle-mêle par-dessus ses vêtements et invité son groupe à en faire autant. Sa posture, ses rides inexistantes en faisaient un homme immature qui vous piégeait dans son regard. Ses yeux s'incrustaient en vous : « Vous venez d'où ? ». « Du 7ème ».

Il a esquissé un rictus.
- Et vous ? pointant du doigt Espérance.

- Du Rwanda.

- Nous sommes cousins alors. Quand est-ce que vous êtes arrivée ?

- En quatre-vingt-dix-neuf.

- Tous les Tutsis ont quitté le pays au début des années quatre-vingt-dix. Vous étiez hutue ?

Elle a dit non de la tête et s'est crispée, comme prise dans un piège, un guet-apens.

- Nous ne nous sommes même pas présentés. Je connais le nom de votre marque, mais vous, comment vous appelez-vous, les filles ?

J'ai décliné mon identité. Elle, la sienne, Espérance Valonga.

- J'ai bien connu une Espérance Valonga. Chez nous, le nom de famille est illusoire. Je pense qu'en Afrique, il doit exister des milliers d'Espérance Valonga. Le souvenir de celle que j'ai connue m'a donné la force de chanter pour noyer l'horreur dans l'harmonie. Il n'y a que l'art pour apporter de la beauté là où il n'y a que du désespoir. Je suis persuadé que les humains ne sont authentiques que dans l'amour et la douleur.

J'ai tenté de les ramener à ce pour quoi nous nous étions déplacées.

- Revenons-en à notre proposition, ça vous dit de devenir notre égérie ?

- Pourquoi pas ? C'est bien payé. Alors, cousine, raconte-moi comment tu es arrivée dans le 7ème.

Espérance n'était pas rwandaise, elle était malienne. Elle n'avait pas fui la mort, mais un système qui voulait l'obliger à épouser un individu de quarante ans son aîné. Dans son corps, elle a alors entendu un bruit, celui d'un son palpitant qui se craquelait. Dans ce lieu où s'étalaient des disques d'or et même un de diamant ainsi que des photos de Prince, elle s'est sentie enfin vivante.

Elle a inspiré discrètement avant d'expirer. Elle n'arrivait pas à puiser l'air dans son ventre. Il était obstrué par cette émotion qui l'empêchait d'aller profondément chercher la quiétude. Son myocarde jouait une drôle de musique.

Ses pensées se sont absentées sur une barque, une nuit d'apocalypse. Elle a ruminé. Les passeurs, sa cousine Fatoumata, Antonio et Marta. Il l'a rassurée.

- Je suis trop curieux. Je ne cherche pas à vous mettre mal à l'aise. J'accepte de devenir votre égérie rien que pour vos beaux yeux.

Il l'a fixée encore.

Après cette entrevue, nous sommes allés dîner au *Fouquet's*. Il fallait lui montrer que nous avions les moyens de notre entreprise. Il s'est assis face à elle. Je les ai observés. Ils se sont beaucoup regardés. Ils n'ont cessé de se sourire, ces deux-là se comprenaient. Ils parlaient le même langage, celui des réfugiés. Ils avaient en eux l'esprit de l'Afrique. Ce vaste territoire semblait, à leur manière d'en parler, être un seul et même pays. J'ai voulu m'incruster :

- J'ai vécu un temps au Sénégal. Mon père est sénégalais.

Prince a rebondi :

- Le monde entier est africain ! Incroyable ! Incroyable !

Et il en a remis une couche avec Espérance.

- La force du destin. Vous avez hérité de l'identité de quelqu'un qui m'était très proche. Les Valonga, j'ai vu par ma fenêtre les Hutus les mettre en pièces. J'ai senti leur sang chaud, l'odeur de leurs boyaux déchiquetés. J'ai entendu leurs cris, une complainte sauvage, un râle de terreur.

Il était songeur.

- J'ai assisté à la fuite d'Espérance. Pris de panique, je me suis réfugié sous mon lit. J'ai perçu des pas d'hommes qui s'éloignaient. Je ne suis sorti de ma cachette que le lendemain. J'ai attendu la nuit noire et je me suis perdu dans la brousse. Je n'ai su que bien plus tard que l'avion qu'Espérance avait pris pour fuir le génocide avait explosé en plein vol.

Ils étaient identiques, héritiers d'une histoire dense et douloureuse. Ils savaient narrer la vie avec le talent des conteurs. Leur passé florissait des épreuves de ce monde, peuplé par la peur et leur courage face à l'adversité. Ils avaient en commun l'exil, la résilience et les mots. Ils se ressemblaient. Il était captivé par elle. Elle était auréolée par lui. Je ne l'ai pas supporté. Ça a été pour moi le début de la problématique qui m'a hantée durant des mois : comment éviter ce que je ne supporterais pas ?

5

Le rideau de la boutique remonte péniblement. Je traverse la première pièce, celle des portants de vêtements, puis celle où l'on entrepose les rouleaux de bogolan. J'arrive enfin là où nous avons installé nos bureaux. Krim pianote sur le clavier de son ordinateur.

- Pourquoi as-tu baissé le rideau ?

Il articule en allongeant les syllabes dans un calme qui me déboussole.

- J'avais besoin de me concentrer pour réfléchir à la suite.

Il me coupe toute envie d'entrer à nouveau en conflit avec lui.

- Je vais nous faire couler un café.

Il se dirige vers les toilettes, se nettoie le visage, je lui tends une tasse.

- On a beaucoup de boulot, il faut rassurer les investisseurs et tous nos clients. J'ai peur que l'image de Bogolan Inc. ne se dégrade.

Il semble avoir oublié que la veille, je me suis adressée à lui avec rage. Il a tout effacé. Il n'est pas rancunier. Tout glisse sur lui. Il ne retient pas l'acrimonie. Elle ne supportait plus cette délicatesse chez lui. Il a cogité toute la nuit. Il n'a pas fermé l'œil. Il a réfléchi à des solutions, contacté des journalistes. Bogolan Inc. faisant partie des marques parisiennes les plus en vue, il a pensé à la manière d'éteindre le feu des fausses informations avant qu'il n'embrase la toile. Il a transmis les coordonnées d'Espérance au Mali à celles et ceux qui souhaitent l'interviewer. Elle a donné son accord.

- Tu l'as eue quand ?

- Cette nuit, elle m'a rappelé. Et toi, comment ça va ?

- Mieux qu'hier.

- Tu as des nouvelles de Prince ? Elle m'a demandé de l'informer de son expulsion.

Krim n'est pas contrarié. Il sait pourtant que les policiers ont cueilli Espérance au petit matin chez son nouvel amant.

- Est-ce que tu l'as joint ?

- Non, il est en tournée aux États-Unis.

- Envoie-lui un message, elle y tient.

- Ce n'est pas à moi de le faire. Elle te prend pour un idiot. Elle peut l'informer via ses différentes messageries, internet existe au Mali, n'est-ce pas ? Krim, arrête d'être son pion.

Je pose alors de but en blanc cette question hors contexte qui me taraude.

- Depuis quand vous n'avez pas fait l'amour, vous deux ?

- Pourquoi me poses-tu cette question maintenant ?

- Je veux juste savoir, et si tu me dis la vérité, j'enverrai un message à Prince.

Le chantage avec lui fonctionne toujours. Krim n'a pas de mal avec le troc.

- La réponse risque de t'étonner.

- Je suis prête à l'entendre.

- Plusieurs mois…

On croit qu'en éloignant un problème, on réussira à le résoudre. Au contraire, il nous retombe dessus. Je devine qu'elle était au courant pour lui et moi. Elle n'a pas fait de scandale. Elle a évité une agitation, du raffut parce qu'elle visait déjà un autre avenir. Elle m'a délibérément laissé ses restes. Elle répétait sans cesse que pour les tisseuses, elle serait prête à tout, elle ne reculerait devant aucun sacrifice. J'avais la mise de départ. Bogolan Inc. ne pouvait pas voir le jour sans moi. Je ne sais plus qui a servi l'autre. Là-bas, elle est encore plus présente. Prince va remuer le monde, l'univers même, pour qu'elle lui revienne. Pourquoi ai-je décidé de la faire retourner chez elle ? J'ai cru agir dans le bon sens et me voici dans le pétrin. Krim a l'air de prendre les choses avec aplomb. Il puise dans la force de l'espoir un récit nouveau, des perspectives nouvelles, comme si dans le départ d'Espérance s'écrivait une nouvelle histoire.

- Et pourquoi as-tu continué à l'aimer ?

- Je ne sais pas. Elle m'a beaucoup aidé, tu sais.

- Ce n'est pas une raison suffisante pour rester avec quelqu'un.

Il me fait une révélation qui me surprend.

- Tu étais là. J'aimais nos jeux, à toi et à moi. Je me suis également attaché à toi. Je ne sais plus laquelle de vous deux j'aime aujourd'hui. Tu vois, si je ne me suis pas effondré après son départ, c'est parce que tu es encore là. Rien ne peut m'atteindre.

J'ignore quoi lui répondre. Cet aveu a toutefois le goût de la victoire. Il se peut qu'un homme parvienne à nous aimer, elle et moi, de la même manière. Je suis pourtant pessimiste pour Prince, il nourrira possiblement pour moi dans le futur une autre affection, cousue de déception et de méfiance. Krim incarne dans la véracité de ses propos ce que je pensais être une illusion. Espérance et moi pourrons un jour être à égalité. Dans cette déclaration, je reçois la certitude qu'une femme peut obtenir qui elle veut. Je me sens enfin capable de rivaliser avec sa beauté.

- Au travail !

Nous prenons le temps de réfléchir à un communiqué de presse, contactons différents journaux. Des rédacteurs en chef nous promettent d'envoyer des équipes chez elle. Nous diffusons sa photo sur nos réseaux sociaux.

« Espérance Valonga, cofondatrice de Bogolan Inc., a été expulsée. Un malencontreux imbroglio administratif. Elle reviendra bientôt parmi nous. Rien ne change pour la marque, ni son investissement auprès de sa clientèle, ni notre politique. Nous continuerons à importer du bogolan fabriqué dans les ateliers des tisseuses maliennes. Nous poursuivrons nos efforts pour employer du personnel en réinsertion. Nos leitmotivs restent l'éthique, le naturel et le biologique. »

#bogolan# fashionista# mode# Paris# réfugié# tisseuse

6

Une fois rentré des États-Unis, Prince veut me rencontrer. Je fais tout pour l'éviter, mais il débarque à l'appartement. Je lui propose d'entrer.

- Je préfère qu'on prenne l'air.

- Je prends une veste et je te rejoins en bas ? lui dis-je.

- Très bien !

Nous passons devant cette citation de Paul Valéry, inscrite sur le fronton du musée de l'Homme, que je connais par cœur : *Il dépend de celui qui passe / Que je sois tombe ou trésor / Que je parle ou me taise / Ceci ne tient qu'à toi / Ami n'entre pas sans désir*. J'attends avec inquiétude qu'il s'exprime. Je suis dans une expectative craintive, mais je montre un visage souriant. Je suis épouvantée, prise de panique, mais je lui offre de la placidité en veux-tu en voilà. Je sais masquer mes états d'âme, maquiller mon ressenti. Se doute-t-il qu'Espérance a été expulsée à cause de moi ? J'en suis presque sûre. Je préfère toutefois me taire encore et le suivre, on ignore toujours comment les mots peuvent résonner. J'ai enfoui de mes mains cette amitié que j'ai portée. J'ai beaucoup manœuvré, or elle a réussi à tout saboter.

- C'est quoi, le plan ?

Je riposte :

- Des équipes de journalistes sont actuellement chez elle. Elle va beaucoup passer à la télévision.

Il pèse ses mots :

- Je pensais y aller.

Je ne suis pas surprise par son annonce, je dois à mon tour trouver la parade.

- Ça risque d'être délicat, Krim y va aussi.

- Qu'est-ce qu'il va faire là-bas ?

- Les intérêts de Bogolan Inc. sont en jeu. J'ai misé beaucoup d'argent, et lui a consacré beaucoup de temps à ce projet. On ne peut pas tout perdre. Ce qui arrive aujourd'hui, c'est à cause d'elle. Quelle idée d'usurper l'identité d'une autre !

- Tu ne penses pas sérieusement ce que tu dis ?

- Si ! Elle a menti à chacun d'entre nous.

- Tu délires ! Elle nous a tout dit ! On n'a pas su la protéger !

- Qu'est-ce qu'il ne faut pas entendre ! Nous n'y sommes pour rien, ni toi ni moi !

Je m'emporte. Je n'arrive plus à dissimuler mon impulsivité. Une réponse intuitive, instantanée. Je ne parviens plus à me contenir.

- Je vais d'abord voir ça avec elle. Ce que tu m'annonces me semble bizarre.

- Elle doit avoir beaucoup d'autres choses en tête.

- De toute manière, j'ai déjà planifié un concert à Bamako. Si rien ne bouge, j'y serai dans quelques mois, elle est au courant. Nous misons sur la patience et espérons que la vie finira par nous surprendre.

Moi qui me figurais tout contrôler, elle me devance. Une femme, lorsqu'elle désire se mesurer à une autre, ne lésine pas sur les armes. La sienne, je l'ai pigé, c'est le contournement. Elle ne passe plus par moi. Déjà plusieurs jours qu'elle est partie et je n'ai eu droit qu'à un seul coup de fil. Elle a envoyé ce matin à Krim, sur WhatsApp, des photos de son village, des tisseuses, de Bamako. Moi, j'ai reçu un mail professionnel, mais pas d'appel. A-t-elle peur de me parler ? Ne trouve-t-elle pas utile de le faire ? Quant à moi, je ne m'y hasarde pas. Je lirais l'affrontement dans ses intonations. Dans ses silences, je décèlerais son jugement. Nos voix trahiraient nos certitudes. Je comprends qu'elle continue à échanger avec Krim pour ses intérêts et ceux des tisseuses.

Prince marche à mes côtés. Il ne m'a jamais paru si grand. Quelque chose a changé dans son attitude. Il m'est devenu inaccessible. Nous nous installons dans notre café habituel, qui est aussi celui de nombreuses célébrités qui semblent se perdre dans leur propre ville. Elles s'affichent là où tout le monde peut les voir. À ma gauche, une star du petit écran regarde sa montre. À ma droite, des journalistes décompressent, un éditeur discute avec une auteure. Et il y a moi, moi qui me sens minuscule face à cet homme qui m'a l'air étrangement distant, moi qui ai le cœur déchiré devant son indifférence. Ses yeux sont rivés sur son Smartphone. Elle habite tellement son âme, c'est comme si elle était présente. Prince, je n'ose même pas imaginer ta réaction si tu apprenais que tu es à l'origine de tout ce remue-ménage. Je tente de me ressaisir.

- À ce que je vois, vous avez déjà tout planifié.

- Elle ne veut pas déstabiliser la boîte. Je suis totalement d'accord avec elle. La vie de nombreuses familles est en jeu. Elle et moi, nous nous ressemblons. Pour nous, c'est l'intérêt général avant tout le reste. Toi, tu n'as jamais manqué de rien, tu ne peux pas comprendre.

- Ce n'est pas ma faute tout de même !

- Je n'ai pas dit cela, mais moi, je la soutiens ! Que Krim y aille donc !

Prince m'impose dans ses mots un « Occupe-toi de tes affaires » cinglant. Je ne me démonte pas pour autant. Déjà, dans mon esprit, je fomente une issue plus favorable à ce désordre que j'ai engendré. Une fin des plus honorables pour moi.

***

- Ça ne te fait rien ?

- Quoi ? Prince ? Je l'ai trompée avec toi bien avant qu'elle ne se décide pour lui, me répond Krim.

Il engloutit des beignets de calamars sauce tartare, un dos de cabillaud « recette du moment », de la salade et des frites maison. Il a faim. J'ai soif. Je commande un gin Oxley, il en prend un également. Quand je lui parle, il ne semble pas distinguer les sons que j'émets. Je souris.

- Tu as soif ce soir, lui fais-je remarquer.

- J'ai besoin de tout oublier ! Je ne sais plus où j'en suis véritablement. Maintenant qu'elle n'est plus là, je me dis qu'on peut être libres de vivre ce que l'on a à vivre.

- Tu ne perds pas de temps.

- Je suis pragmatique et nos corps s'entendent à merveille.

- Tu sais très bien qu'entre nous, il n'y avait que du sexe.

Il lève son verre. Il agit machinalement, j'amorce un rictus. Je commence à m'inquiéter. Il avale en faisant semblant de mâcher. J'essaie de détourner son propos. Je porte un toast.

- À nous trois !

- Non ! À nous deux !

- Tu dois à tout prix la rejoindre !

Il dévie mon injonction.

- Nous deux, un duo de choc.

Pas si vite ! ai-je envie de lui crier, mais je préfère l'encourager.

- On va prendre un billet d'avion, il faut que tu y sois avant lui.

- Nous deux, nous sommes pareils. Nous aimons le sexe pour le sexe. C'est notre mode de fonctionnement. Ce soir, on se jette l'un sur l'autre.

- Non, ça, c'est fini !

Son visage se ferme, il hurle.

- Non, ce n'est pas fini ! Si ce soir tu te donnes à moi, j'y vais. Je suis prêt à tout pour toi ! Promets-moi que ce soir... Toi… tu es plus belle qu'elle.

- Arrête avec ça ! Tu dois la rejoindre. Point barre. Et si entre vous deux il ne se passe vraiment rien, on rediscutera de nous deux.

- Je suis l'homme le plus heureux du monde, deux femmes rien que pour moi et quelles femmes ! Je suis l'homme le plus heureux du monde, tu as des seins du tonnerre. Je suis l'homme le plus heureux du monde…

Plus rien ne l'arrête, il donne dans le lyrisme, les clients autour de nous s'esclaffent. Krim leur offre un sacré spectacle.
J'appelle un taxi. Quand nous arrivons à l'appartement, il m'en coûte de l'allonger dans mon lit. Mais ce soir, je n'ai pas envie de dormir seule. Ce soir, je ressens pour la première fois le besoin d'un homme près de moi. Ce soir, je me résous à tourner définitivement la page de Prince. Mais ce soir, je me jure de lui faire la guerre à elle parce que ce soir, je ne peux pas nier l'évidence. Elle s'est ouvertement moquée de moi. Je pensais la dominer, elle m'a prise de haut.

Il faut que Krim y aille pour la ridiculiser devant les siens. Elle doit payer pour son manque de reconnaissance. Elle doit payer parce que je dois me mesurer à elle sur son terrain. Je veux la mettre mal à l'aise. Espérance doit payer parce que je n'avais jamais ouvert ma porte à qui que ce soit et elle, je l'ai hébergée. Elle doit payer parce que mon ego vaut beaucoup plus que toutes ces villageoises. Elle m'a fait avaler des couleuvres pour elles. Moi, je n'ai rien à me reprocher. Maintenant que j'ai découvert qui elle est vraiment, je sais qu'elle n'en avait rien à faire de lui. Elle nous a tous sacrifiés pour quatre bouts de tissu.

Je la déteste !

7

Prince n'est définitivement plus le point de crispation. Dans un conflit, la source de la discorde se tarit. Elle s'évapore dans la haine et la conquête. On n'obéit plus qu'à un seul objectif, grignoter le territoire de l'adversaire. Le ronger dans son espace jusqu'à le dévorer. Elle et moi, nous sommes entrées dans une lutte silencieuse où tous les coups sont permis. L'affrontement le plus odieux, le plus abject et le plus terrifiant est celui qui divise deux amies qui deviennent ennemies.

Espérance, je lui avais tout de suite trouvé de la sincérité. Elle m'a montré quatre bouts de tissu et avec, nous avons réussi à produire un miracle. Elle était là, la magie de notre rencontre : « J'ai besoin de toi. Je crois au bogolan ».

Depuis son départ, j'ai appris à la cerner. Je lui en veux. Je n'arrive même plus à évacuer la colère que j'éprouve pour elle. Je voulais la noyer, elle m'a coulée. Notre communiqué de presse a fait réagir. Elle commence à me faire beaucoup d'ombre. Cette semaine lui est dédiée. Je n'en peux plus de la voir sur les écrans de télévision et les réseaux sociaux. Elle se sert de tout ce que je mets en place comme d'une arme contre moi. Finalement, c'est elle qui brille et moi qui essuie les plâtres.

« Vous voyez, là, ils trempent le tissu dans des cuves de terre pour obtenir la coloration. Tous nos produits sont cent pour cent naturels ! Dans ces ballots derrière nous se trouve le tissu que nos ancêtres confectionnaient déjà. Le village tout entier s'habille en bogolan. Le wax est originaire de Java. Ce n'est pas un produit africain, c'est une étoffe importée. »

Le journaliste ne la coupe pas, je suis estomaquée. Espérance poursuit son discours avec confiance, je bous de l'intérieur.

« La vie m'offre un renouveau. J'aime la France, mais l'Afrique a besoin de moi et de toutes celles et tous ceux qui veulent y œuvrer. Je n'ai pas encore pris de décision. »

Je saisis la télécommande, j'en ai trop vu.

- Pourquoi tu éteins ?

- Nous n'en sommes qu'au début ! Tu imagines, en *prime time* !

- Oui, c'est inespéré pour Bogolan Inc. Maintenant, toi et moi, nous avons un courrier à écrire.

J'entends la pulvériser. Les guerres les plus sales sont celles où les civils sont utilisés comme chair à canon. Krim va me permettre de l'atteindre. Nous rédigeons ensemble une lettre d'amour, une lettre où chaque mot, chaque virgule, chaque pause sont étudiés pour la fracasser, la mettre à genoux. Ce courriel, c'est lui qui l'envoie. Il est devenu mon soldat, le cœur armé de ma lutte. Je veux la conduire au casse-pipe. De nous trois, Krim est bien le plus intrépide, mais le moins avisé.

« Espérance,

Pourquoi refuses-tu d'évoquer ce " nous » que nous avons été ? Je dis " nous ", car aujourd'hui, j'en suis convaincu, je t'aime. Tu habites encore mon corps, tu es en moi à chaque réveil et à chacune de mes pensées. Je n'en peux plus de me taire. Tu es mon indispensable. Le reste n'a plus d'importance. Je te veux. Ton parfum m'inonde. Je n'arrive plus à regarder aucune femme, je ne parviens plus à les distinguer. Elles ont toutes ton visage. Je t'appelle dans mes nuits. J'aimerais être avec toi pour goûter à ta bouche, caresser tes seins. Le café du matin est froid sans toi. Mon cœur palpite au son de ta voix, ton accent me ravit, tes intonations, je m'en délecte. Tout me rappelle à nos gémissements. Ton corps me manque, nos caresses aussi.

Je souffre de t'aimer dans l'absence. Je n'ai pas su t'aimer quand tu étais là, je m'en veux, si tu savais. Je me refais ce film de nous deux, je revois nos corps nus, notre plaisir sans fin. J'ai pris une décision. Rien ne compte plus que toi. Je nous aimerai pour deux. J'en bave de ne pas t'avoir à mes côtés. Ton parfum, *Lady Million* de Paco Rabanne, j'en ai acheté des litres. Et quand je n'en peux plus, je m'en arrose le corps et je me caresse en pensant à toi.

Je vais te rejoindre dans ton continent, là-bas. Je veux tout réapprendre avec toi. Tu es ma vie, la douceur de mes jours. Je te demande pardon. Pardon de ne pas avoir su t'aimer à temps. Je veux te connaître davantage.

Tu as pris toute la place dans mes jours, mon amie, ma sœur, ma mère. Je me suis découvert fragile sans toi. Ton sexe me manque. L'endroit le meilleur est en toi. Depuis que tu n'es plus là, je n'existe plus vraiment. Tu es ma beauté. Tes mains qui me touchent, je les sens encore sur moi. Mon corps est solitaire. Paris est fade sans toi. La tour Eiffel ne s'éclaire plus. Le métro est immonde. Les gens sont laids. Je n'en peux plus. Je vais prendre un billet pour te rejoindre. Je suis envoûté par toi, tu es ma sorcière et je t'aime. J'ai envie de toi. SI JE T'AI FAIT DU MAL, JE LE REGRETTE. Je m'excuse pour TOUT. »

***

La réponse ne se fait pas attendre.

« Nous sommes au point de rupture depuis longtemps et je ne comprends pas ton revirement. Pourquoi cherches-tu à retrouver grâce à mes yeux ? Je n'y comprends rien. Je ne te reconnais plus. »

Je l'ai presque à la pointe de mon sabre. Je suis la maîtresse d'armes. Touchée, coulée. Nous voici dans une bataille navale. K.-O ! Triple Waza-ari. Au ralenti, je perçois sa tête qui va presque toucher le tatami pour exploser, mais elle ne tombe toujours pas. Je cherche à l'achever ! Je lui envoie du lourd. Je dicte quoi écrire à Krim.

« Je serais ravi de t'épouser pour que tu reviennes. On ne fait jamais rien pour les autres. Je n'aurais jamais cru en arriver là où nous en sommes aujourd'hui. Tu m'as appris la réussite. J'ai besoin de toi pour être moi-même. J'ai besoin de toi pour lire dans ton regard ma propre vérité. J'ai besoin de toi pour me tenir tête. J'ai besoin de toi parce que je souffre de ton indifférence. J'ai besoin de toi !»

Dans la minute qui suit, mon complice reçoit un coup de fil.

- C'est un piège ou quoi ? C'est quoi ton délire ?

- Je suis triste sans toi. Ce qui me retient à Bogolan Inc., c'est toi, et si avec toi ce n'est pas possible, je vendrai mes parts au premier venu et tu sais que j'en suis capable.

- Elle ne te laissera pas faire !

- Détrompe-toi. Depuis ton départ, elle non plus ne sait plus. Si tu ne reviens pas, elle compte également vendre ses parts. Ce projet, c'est le tien, c'est celui des tisseuses.

Elle ne répond pas. Il a touché la corde sensible. Il reprend :

- Nous, nous n'avons fait que t'accompagner. Si tu refuses que je te rejoigne, nous vendrons nos parts de Bogolan Inc. au plus offrant. Tu sais que pour elle, cette entreprise, c'est une goutte d'eau en comparaison de tout ce qu'elle a déjà. Si je me débarrasse de l'entreprise, je pourrai postuler dans les plus grandes enseignes. J'ai gagné en expérience.

Espérance s'écroule. *Bam*, dans sa gueule ! Je jubile.

- Tu ne m'en laisses pas le choix. Je t'attends à Bamako. Je ne te promets rien et peut-être as-tu raison. Ce sera l'occasion de tout mettre à plat.

Je rallume la télévision.

- Tu as eu ce que tu voulais, à moi d'avoir ce que tu m'as promis.

Il m'ôte la télécommande des mains. J'ai l'impression d'une première fois. Nos enveloppes charnelles se délectent de chaque frottement comme si lui et moi, nous avions toujours espéré être seuls pour nous aimer ; elles sont lestes. Après tout, nous n'avons pas besoin d'elle. Nous nous sentons enfin libres, soudés entièrement l'un à l'autre. Nous savourons un plaisir que nous n'avons jamais connu. Un plaisir de l'instant, une volupté qui nous dépasse. Nous ne réussissons pas à nous séparer. Le matin venu, nous saluons ensemble l'aurore et replongeons l'un dans l'autre. J'ai envie de lui dire que je l'aime, cette pensée me revient en boucle, mais ma bouche est incapable de verbaliser mon ressenti. Je m'abstiens, car je ne sais pas dissocier les affaires de cœur des affaires de corps. Il tente de me l'exprimer. Je pose ma main sur ses lèvres.

- Pas maintenant.

J'ai fait de lui mon allié. Nos étreintes nous ont liés. L'absence d'Espérance nous a rapprochés. Le goût de la victoire ressemble à nos baisers échangés.

8

J'ai envie de prendre l'avion avec Krim. J'ai finalement beaucoup de mal à me séparer de lui, mais il me faut aller jusqu'au bout de mon plan. Je n'ai pas encore complètement gagné la guerre. Dans les airs, sans doute pense-t-il à moi. Dans les cieux, alors qu'il côtoie les nuages, j'espère qu'il ne m'oublie pas. La volonté de la vie dicte l'impensable. Je reçois le message inespéré.

J'arrive dans quelques secondes. Je pense fort à toi.

Espérance, dans quelques secondes, il sera à toi. Dans quelques secondes, tu ne seras plus seulement une image. Dans quelques secondes, il te touchera. Je l'imagine, les mains moites, transpirant à grosses gouttes du fait de l'atterrissage et de l'appréhension, celle de la première vision de toi. D'énormes auréoles se forment certainement sous ses bras. Son corps tout entier est probablement humide et son front ruissèle immanquablement. Son organisme doit le trahir, mais cela fait déjà longtemps que tu sais. Qui de nous trois est le plus à blâmer ? Nous deux ou toi ?

Krim récupère sa valise, une porte s'ouvre. Il la cherche, il l'aperçoit. Plus d'un mois depuis son départ. Ils ont l'impression que cela fait une éternité. Entre eux, une distance implacable, palpable, qui induit la gêne.

- Tu as fait bon voyage ?

Leurs retrouvailles sont timides. Ils n'échangent ni baisers langoureux ni étreintes sensuelles.

Rien de tout ça ! Juste des sourires embarrassés et l'épiderme de Krim qui sature d'eau. Il n'est plus qu'une éponge qui n'arrive plus à absorber les trombes de révélations.

L'instant s'épaissit. La confusion de ses pensées étire le moment présent. Il en est sûr, il ne l'aime plus. Ses interrogations, sa déception et ses regrets. Il veut déjà reprendre le vol du retour. Toutefois, il n'entend pas me décevoir, moi, Joséphine.

Il regarde Espérance et ne parvient plus à déceler sa beauté. Son reflet vient se briser dans son regard limpide, vidé de sa fragilité. Son charisme ne l'enferme plus.

Il demeure muet, la confrontation avec le réel lui fait perdre les mots. Elle l'oblige à le suivre.

- Tu es fatigué ? dit Espérance.

- Non !

- Alors, comment vas-tu ?

- Très bien.

- Et comment va-t-elle ?

- À merveille ! On a eu un peu de mal au début, puis tu sais ce que c'est, la vie nous oblige à rebondir.

- Les tisseuses ont hâte de te remercier.

Ils se dirigent vers un SUV couleur anthracite. Elle qui ne jurait que par le tout-écologique ! Un chauffeur les conduit quelque part.

Il est mal à l'aise, il m'envoie un SMS. Je lui manque.

- On fait un tour de Bamako ?

Il n'a pas le temps de répondre. Avec lui, elle s'est toujours comportée ainsi. Elle décide, il doit obtempérer. Un jour, Espérance lui a expliqué que dans son village, les femmes ont du tempérament avec les hommes.

- Chauffeur, direction le centre-ville !

Krim se laisse guider. Il est venu jusqu'à elle pour s'offrir à Joséphine.

Il est happé par le paysage, l'effervescence de la ville. Cette cité ne ressemble en rien à Paris. Elle lui met le cœur en fête. Un monde nouveau défile. Il se perd joyeusement dans les couleurs. Il est heureux, il écrit tout ce qu'il découvre de Bamako à son amoureuse. À son tour, elle accueille chaleureusement cette capitale africaine en dépit des milliers de kilomètres qui les séparent. Elle a l'air d'être unique, mouvante et hospitalière. Des piétons traversent. Il les scrute au travers des vitres teintées. Ils sont joviaux, « sapés comme jamais », ils déambulent devant ses yeux, élégants.

- Tu as chaud ? lui demande Espérance sur un ton moqueur.

Il ne répond toujours pas.

- Tu es habillé comme un plouc ! Hors de question que je te présente aux miens dans cet état !

Elle commande au chauffeur de s'arrêter devant la devanture d'un tailleur. Toutes les teintes de l'univers y sont affichées. Ils y sont gentiment reçus par un type à l'allure raffinée. Il paraît bien la connaître.

Krim ne s'agace pas de leur proximité.

Vêtu d'un trois-pièces gris, affublé d'un nœud papillon et d'une pochette bordeaux, le commerçant l'encense.

- Aïssé, c'est notre fierté à tous.

Kim sort de la boutique, paré comme un prince.

- Simplicité et raffinement, cela te va à merveille ! le complimente Espérance.

Elle est sincère, mais son avis lui importe peu. Une nouvelle tenue n'a jamais habillé la vie. Il a terriblement chaud.

- On a presque fini la visite ! le rassure son ex.

Bamako est un djembé qui résonne dans sa poitrine. Bamako est fantastique. Ils filent vers le village où, à l'entrée, se dresse un grand panneau Bogolan Inc. Dessus figure un immense portrait d'Espérance. Mégalomanie, quand tu nous tiens…

- Ils t'attendent !

Pendant ce temps, en France, moi, Joséphine, je rumine et parle toute seule.

Il y a longtemps qu'il ne t'attire plus. Désormais, c'est lui qui est insensible à ce que tu es. Tu nous as menti. Tu t'es servie de nous. Nous sommes tous quittes, mais pas encore totalement !

- Nous y sommes !

Le conducteur klaxonne, des enfants s'agglutinent autour de leur véhicule.

- Vive les mariés !

Oui, la belle excuse pour accueillir un homme dans son village.

Krim n'est pas prêt. Il ne veut pas se marier, pas ce soir, jamais même. Il veut aimer sans autre engagement que celui du cœur. Il transpire. Il lui est impossible de faire machine arrière. Il est coincé, pris dans une embuscade. Quand on s'engage dans une guerre, il faut aller jusqu'au bout. Cette cérémonie, c'est juste une petite passe d'armes.

Ici, Espérance est appelée Aïssé.

Elle montre à Krim une école aux classes encore neuves, une cour, un toboggan, une cage à écureuils, un bac à sable.

- Tout cela, c'est le fruit de Bogolan Inc., dit-elle fièrement.

Moi, Joséphine j'occupe ses pensées.

Je suis complètement à toi.

Espérance évoque tout ce qui a été réalisé grâce à Bogolan Inc.

- Tout ça, c'est aussi grâce à toi et à elle. Sans vous deux, j'aurais été incapable d'apporter la richesse à mon village. Le président du Mali en personne m'a félicitée.

- ...

- Ne t'inquiète pas, il n'y aura pas de cérémonie. J'ai fait croire que nous avions échangé nos vœux en France. Hors de question que je m'unisse à toi pour de vrai. Jamais !

Encore heureux !

9

Quelques jours après son arrivée, Krim assiste à l'intronisation d'Espérance. Elle est nommée cheffe du village et du district. L'habitation imposante qu'elle a construite est envahie depuis l'aube par des convives venus de partout. Tous ceux qui appartiennent de près ou de loin à ta tribu se sont déplacés. C'est l'effervescence dans la demeure orangée.

On annonce le départ du cortège, elle est placée en tête de file, Krim est en retrait.

Trois coups sur un djembé sont donnés pour imposer le silence à l'auditoire qui s'agite et bourdonne. Un ibis sacré fanfaronne dans le ciel. Elle avance, le pas ferme et élégant et arbore un costume traditionnel coloré, agrémenté de bijoux sonores.

Espérance porte malgré elle un boubou qui se rapproche plutôt du caftan, confectionné dans du bogolan de couleur ocre et lumière. Il a fallu pas moins de dix mètres d'étoffe pour sa tenue de cérémonie. Elle se serait volontiers contentée de quelque chose de plus sobre, mais les femmes l'ont convaincu : « Il faut en mettre plein la vue ! »

La procession se dirige vers la *toguna*, la maison à palabres, où les griots, les officiels, les représentants de l'État, du district et de tout le pays l'attendent. La fête a été préparée avec ferveur et minutie. C'est une première, une femme va devenir cheffe. Impensable il y a peu.

Espérance rejoint un trône recouvert de satin blanc. Dès qu'elle est assise, les poètes musiciens qui l'entourent lui tendent un chapeau pour obtenir la protection des esprits. On lui retire délicatement ses parures. Elles sont remplacées par un foulard matérialisant les qualités qui ont conduit à son élection et qui ne lui correspondent pas complètement d'après Joséphine : générosité et obstination.

Une aiguille à coudre d'une taille démesurée lui est remise. Espérance l'accroche sur son buste, telle une broche. Elle porte en elle une allégorie poétique : coudre les liens entre les hommes pour que jamais ils ne se rompent, reprendre ce qui est déchiré, unir inlassablement. Elle accepte de mettre en œuvre la paix. Entre nous deux, il n'existera jamais plus d'entente.

Enfin, on lui délivre un bâton de cheffe. Dorénavant, elle sera la bergère qui mènera vers de généreux pâturages ceux qu'elle considère comme ses égaux. Elle n'a jamais été un mouton.

Assitan, sa mère, est fière de sa fille, avec raison. Si elle savait ses sacrifices, mais elle les sait déjà peut-être. Elle se lance dans des youyous effrénés. Ils se propagent dans la bouche de la gent féminine. C'est une clameur de liberté jamais entendue. Des échassiers volent frénétiquement à l'horizon, la liesse est générale. Une femme va enfin présider aux choix de la vie. Un nouveau territoire vient d'éclore. Un tout petit bout de monde vient de briser des règles immuables. Une onde de changement se diffusera et d'autres contrées naîtront.

Espérance est invitée à prendre la parole. Ce discours, il lui ressemble. Elle remercie le public, revient sur son parcours. Elle rappelle le changement lent, mais irrévocable, qui lui a permis d'arriver à cette consécration.

« Je vais donc aller à l'essentiel. Je jure ici, devant vous toutes et vous tous, de combattre le mariage des enfants et d'agir pour l'éducation et l'émancipation de nos jeunes et de nos filles en particulier. Nous avons pris trop de retard. Je suis convaincue qu'une jeune fille éduquée est une source de richesse bien plus grande qu'une jeune fille ignorante vouée à un mariage malheureux. Elle portera en elle l'harmonie du monde. »

Elle ne nous cite à aucun moment, pas même un petit remerciement.

« J'annulerai toutes les unions contre nature. Aucun mariage ne sera toléré avant l'âge de dix-huit ans. Ces unions ne respectent ni les préceptes du divin ni ceux des femmes et des hommes. La pauvreté, le mariage précoce et la déscolarisation sont trois fléaux contre lesquels je lutterai sans relâche. Nos filles sont les garantes de nos cultures, elles peuvent les faire scintiller au firmament du monde. Elles valent beaucoup plus instruites que soumises à des diktats sans fondement. Il est faux de croire que marier nos enfants quand ils sont jeunes nous permet de nous libérer de leur charge. Bien au contraire, ces mariages nous appauvrissent. Ayons le courage de déconstruire nos croyances. »

Moi, Joséphine, j'assiste à la cérémonie à des milliers de kilomètres, miracle des réseaux sociaux. J'attends que nos noms soient mentionnés. Je suis outrée, vexée. Aussitôt, je demande à Krim de revenir. Sa mission est terminée !

10

- Devine qui a su pour ma nomination et me félicite ? demande Espérance.

- Je n'aime pas jouer aux devinettes, répond Krim.

- Prince !

- De toute manière, j'ai décidé de repartir à Paris. Je n'ai rien à faire ici.

- Si tôt ?

Il se redresse pour lui faire face.
- On va arrêter tout ce cinéma. En venant ici, j'ai compris une chose : je ne t'aime plus !

Espérance ricane.
- Tu t'en rends compte seulement maintenant ! Cela fait des années que vous vous aimez derrière mon dos !

- Il faut qu'on trouve une solution pour Bogolan Inc.

- La solution est toute trouvée, vous me vendez vos parts.

Il est désarçonné, il n'en revient pas. Il est tenaillé entre son amour-propre et ce qui ressemble à une traîtrise. Il ne sait quoi penser.
Krim est assailli par une interrogation lancinante.
Mais pourquoi n'avons-nous rien vu ?

Il est déchiré. Espérance voit bien que quelque chose le chiffonne et s'en moque.
Elle se calme, s'excuse. Elle a encore besoin de lui. Elle tente de le persuader de rester encore un peu pour l'accompagner à des visites officielles.

- Je dois vraiment m'en aller !

- Encore une rencontre, s'il te plaît !

- Je ne suis pas ton jouet ! hurle Krim.

- Apparemment, tu es devenu le sien !

- Demande au chauffeur de me raccompagner à Bamako, je ne supporte plus d'être ici.

- Mon pauvre chou ! Vous m'avez vraiment prise pour une idiote. J'ai souffert de ton infidélité. Vous aviez tellement l'habitude de vous envoyer en l'air derrière mon dos que vous avez été moins discrets. Alors, j'ai pris le parti d'accepter.

- …

- J'ai supporté vos mensonges. Moi, je ne pouvais pas tout envoyer balader. J'ai pris sur moi. Quand j'étais à la boutique, vous deux, vous vous en donniez à cœur joie. Quand je trimais pour trouver des clients, vous baisiez ! Alors maintenant que tu es là, j'ai besoin de mon pseudo-mari pour une dernière rencontre et ensuite, va au diable !

Krim ne dit pas un mot.

- Elle ne t'aurait jamais choisi si tu ne m'avais pas appartenu. Tu pourras tout lui répéter. Et tu lui diras aussi que si j'ai été expulsée, je sais que c'est à cause d'elle.

Soupir.

- Qu'elle sache qu'au lieu de m'enterrer, elle m'a donné cette chance inouïe de renaître. Le karma, le destin, la vie ont été plus forts que toutes ses manigances.

Krim supporte mal ce qu'il entend. Joséphine, il l'aime.

Espérance tente d'apaiser la situation :

- Je ne nie pas les sentiments que j'ai eus pour toi, il y a longtemps. Retourne à Paris. Mais si j'ai un conseil à te donner, grandis un peu ! L'amour, si tu es sûr de l'avoir trouvé avec elle, vis-le, ne le subis pas. Elle et moi, nous règlerons peut-être un jour nos comptes. Elle m'a aidée au début et je lui en serai toujours un peu redevable, mais je ne lui dois pas tout !

Après la sortie d'Espérance, il compose le numéro de Joséphine. Espérance refuse de lui parler.

Joséphine est ravie.

Tu fuis. Tu n'as pas le courage de m'affronter. Elle est là, la vérité !

11

La vie est une bascule qui fait pencher nos sentiments d'un côté, puis de l'autre. Je n'aurais jamais cru souffrir de cet impatient désir de le voir apparaître. Le cœur impétueux, je suis à l'affût. Rien n'a plus d'importance que de l'avoir enfin tout près de moi. Dans nos retrouvailles se mêlent émotion et maladresse. Nous ne nous étions jamais embrassés hors de l'appartement. Nos lèvres s'effleurent et se mordillent.

Je n'ai pas envie d'évoquer Espérance tout de suite. Il me faut faire une trêve. Dans toutes les campagnes armées, les soldats ont besoin d'une pause pour revenir plus vaillants. Je déclare le cessez-le-feu. Nous essayons d'abord de mettre de l'ordre dans notre relation, nous nous promettons d'être un couple au sens presque conventionnel du terme. Pour nous deux, une vraie gageure. Nous nous jurons de faire de notre mieux. Notre équilibre, nous le savons, repose sur des bases bancales. À l'instar de toutes les romances, le début et la fin d'une narration échappent à celles et ceux qui les vivent.

Je le convaincs de me suivre sur les côtes normandes. Prendre des vacances, changer nos repères et oublier Bogolan Inc. C'est en villégiature que les meilleures décisions sont prises. Nous nous rendons du côté de Cabourg, profitons de sa plage. Nous enfonçons nos orteils dans le sable à marée basse. L'air iodé nous revigore. Nous rentrons plus forts et nous vient l'idée de l'atteindre au plus profond. La seule et unique solution que nous trouvons : couler l'entreprise, la liquider.

Construire, poser une brique l'une après l'autre, cimenter demandent beaucoup de temps. Exercice difficile que celui qui mène à la réussite. Celles et ceux qui ambitionnent la victoire savent combien le chemin est pénible. Espérance a porté cette boîte. Nous l'avons secondée, son implication était plus grande que la nôtre. Elle n'a pas compté ses heures, elle s'est investie sans relâche. Elle a tellement cherché à améliorer les conditions de vie dans son village qu'elle a déployé une énergie surhumaine dans Bogolan Inc. Nous, nous l'avons accompagnée à se hisser. Krim était fier d'être rétribué généreusement. Quant à moi, ce challenge qui était le sien est devenu le mien. Je suis une femme d'affaires et j'adore les défis qui s'avèrent très rentables. Je sais également qu'il est enfantin de transformer une pépite en camelote. Il est aisé d'envoyer une société au rebut. Un gamin est capable d'ériger, *Kapla* après *Kapla,* avec méticulosité et efforts, une tour aussi haute que lui et de se réjouir de la voir s'écrouler. Moi, j'éprouve de la jubilation à la perspective de détruire son rêve, d'anéantir ce qu'elle a mis une existence à bâtir. Je vais la ruiner, épuiser ses espoirs, ébranler ses certitudes. Tout bousiller !

« Nous, associés d'Espérance Valonga, sommes dans l'incapacité de gérer vos commandes. La cofondatrice de Bogolan Inc. s'étant absentée plus longuement que prévu, la charge de travail colossale ne nous permet plus d'honorer les délais. Pour toute contestation, veuillez contacter directement Melle Valonga. »

Nous vidons la boutique de nos effets personnels et décidons de ne plus y remettre les pieds. Nous ne ressentons aucune nostalgie à effacer cet épisode. Nous ne laissons aucune trace. Nous débarrassons le bureau de ses ordinateurs et les jetons à la déchetterie. Je suis aux anges.

On verra si elle supporte que son œuvre soit réduite en miettes et si, sans dire un seul mot, elle se remet à la bâtir… J'en doute vraiment ! Dans mes rêves, elle explose en mille morceaux et je me réveille parce que Prince finit toujours par la recoller et qu'elle devient encore plus belle.

Deuxième partie

« Le monde est un palabre, une causerie, un dialogue ».

Proverbe malien.

12

Maman me disait : « N'aie pas peur de l'homme qui te promet la mort. Si c'est une femme qui te la promet, sache que tu es déjà morte ».

Précautionneusement et méthodiquement, Joséphine retranche avec son couteau le sépale en forme d'yeux de la couronne d'une pomme. J'y vois mes propres prunelles arrachées. Elle accroît paradoxalement cette fascination qu'elle produit déjà en moi. Je tique sur ce fruit. Le sort qui lui est réservé me peine. Un avant-goût de ce qui m'attend. J'en déduis qu'un jour proche, je serai cette sphère juteuse et inoffensive qu'elle morcelle frénétiquement.

- Moi, les rivales, je les zigouille sans pitié ! Avec toi, je n'agirai jamais de la sorte. Toi, tu es comme la sœur que je n'ai jamais eue.

Joséphine parle distinctement. Elle allonge les voyelles, surtout les « e ». Je suis hypnotisée par le cliquetis de ses bracelets et le bruit de cette pomme qu'elle découpe avec une minutie nerveuse, comme un cœur qu'on dissèque. Dans cette cuisine laquée, je déchiffre sans mal l'implicite de ses mots. Je serai sa prochaine victime. Avec un sourire innocent, elle me prévient :

- Je disais donc, si un jour une femme tente de me prendre Prince, je la défoncerai sans état d'âme. Je baiserai tout ce qui se mettra sur mon chemin !

Le message est clair. C'est à moi qu'elle s'adresse. Je m'esclaffe, sa grossièreté soudaine la rend effrayante. Je ris pour ne pas pleurer. Son obscénité m'évoque celle de mon passeur. Ma nervosité se commue en risées puissantes et ininterrompues. Elle réitère ses propos pour ancrer dans mon cerveau la détermination de ses résolutions.

- Ne ris pas, tu ne sais pas de quoi je suis capable !

Elle me coupe l'envie de me gausser. Je me ressaisis et ose une bravade :

- Prince est libre d'aimer qui il veut, arrête avec ça ! Ce n'est pas ton mec !

- Ni le tien !

Elle tient dans ses mains une lame bien aiguisée. Serait-elle capable de me trancher la gorge ? Je ne le crois pas, j'ai toutefois suffisamment de doutes pour ne pas chercher à éclaircir ce mystère en confessant notre rapprochement, à lui et moi. Les assassinats ne répondant qu'à la logique du meurtrier, une parole de trop et c'est de l'autre côté que je risque de me retrouver. Je ne me sens plus en sécurité, ni avec elle ni avec Krim. Il me faut fuir, mettre enfin un terme à cette promiscuité dangereuse. Je suis aimantée.

Moi qui lui ai fait allégeance, il m'en coûte d'entamer des démarches pour m'éloigner d'elle. Avec mon emploi du temps, je ne parviens pas à voir autant d'appartements que je le souhaiterais. Quand je réussis à m'éclipser de Bogolan Inc. et de la surveillance de mon associée, les visites se soldent par un refus. Si je suis plus que solvable, je n'ai pas la couleur de peau appropriée. Au fond, cette situation m'arrange. Joséphine a exproprié une partie de mon âme, celle qui refuse de partir. Je continue à naviguer dans son appartement comme dans une cage qui prend l'eau. Je coule, mais m'en accommode. J'y éprouve le même déséquilibre que dans une coquille de noix éventrée. J'y adopte la même posture que dans la barque que j'ai empruntée pour traverser la Méditerranée. Bien que je me ratatine jusqu'à étouffer, il m'est impossible de m'échapper. Je suis prise d'angoisses, elles me rappellent ce que ma mémoire a occulté : « Suis-moi ! ».

Mes pieds s'enfonçaient dans le sable. Je sentais le danger. J'allais mourir sur une plage où aucun nageur ne s'aventurerait. Une plage sans soleil, éclairée par la nudité noire du ciel. J'allais succomber, là. Je me souviens avoir compté mes pas. Je calculais la distance à parcourir avant ma disparition. Je me regardais évoluant difficilement vers la fin. Sur ce coin de terre longé par la mer, un homme dont j'ignorais jusqu'alors l'existence allait hâter mon destin et en précipiter l'issue. J'étais très jeune, je m'imaginais vivre encore longtemps. Les femmes du village m'avaient pourtant exposé tous les dangers de cette aventure. Ma mère et moi les avions minimisés. Mon père venait de mourir. Maman croyait me sauver en m'envoyant chez une de ses demi-sœurs en France.

Ce type, le passeur, m'a obligée à le suivre sans ménagement. Je progressais lentement, son pistolet pointé sur ma taille ralentissait mes foulées. Il s'est agacé. J'ai titubé. Il m'a relevée par les cheveux, a pointé son flingue sur ma nuque. Nous y étions presque, encore un effort, le souffle coupé. Il m'était impensable d'achever mon périple aussi brutalement. Une fois cachés derrière la dune façonnée par le vent et les vagues, il a ouvert son pantalon, l'a fait descendre sur ses genoux. En me menaçant, il m'a ordonné de son regard méprisant de me déshabiller. Il m'a contrainte au silence. J'ai fermé mes paupières, j'ai senti son gros doigt s'enfoncer dans mon intimité. De tout son long, il s'est ensuite allongé sur moi. Il s'est sustenté de mon sexe, qu'il a déchiré comme un carnassier. Le sang a coulé entre mes jambes. Il ne m'a pas tuée. Si j'avais eu à choisir, c'est certain, j'aurais opté pour le trépas : « Rhabille-toi vite ! »

Cet inconnu, que j'avais payé avec la tontine des villageoises, s'est introduit en moi sauvagement. Je brûlais entre mes cuisses d'un feu qui embrasait ma lucidité. *Pourquoi ai-je été aussi conciliante ? Pourquoi ne me suis-je pas débattue ?*

Ces questions ont persisté à tourner en boucle dans mon esprit, je m'en suis voulu, minimisant le rôle de son arme. Cette scène se rejoue interminablement en moi avec la pulsation de la mort, depuis ma décision de mettre les voiles et de quitter le toit de Joséphine.

13

Antonio et Luigi ont vérifié à plusieurs reprises que le filet allait dans le sens du vent, que la bouée à chaque extrémité était bien en vue. Ils discutaient de la tempête de la veille et de la sage décision qu'ils avaient prise de ne pas s'être risqués à une sortie maritime. Luigi fanfaronnait et racontait à Antonio que les astres ne se trompent jamais : « Quand ils indiquent que la mer est mauvaise, il ne faut pas s'y hasarder, surtout par temps d'apocalypse ».

Depuis 2 heures du matin, ils traversaient inlassablement les eaux. Affairés, ils traînaient leur chalut sans se douter qu'ils allaient remonter un poisson de taille, qu'au milieu des sardines, ils allaient faire une découverte singulière.

Quand est venu le moment du relevage, le treuil a peiné, *porca miseria !*

Luigi et Antonio, costauds, teint hâlé, moustache fournie, cheveux couleur cendre pour l'un, couleur ébène pour l'autre, ont échangé un sourire. La pêche était certainement miraculeuse. Une bonne occasion d'en mettre plein les mirettes aux autres à la criée. Antonio a pensé à la baleine de Gepetto. Tous les marins ayant gardé leur âme d'enfant croient en l'existence de ce cétacé gigantesque qui a abrité le décor d'un conte. « *Non è una balena ! Mio Dio, è una bambina!* »

Le père et le fils étaient abasourdis : « *Incredibile !* »

C'était la première fois qu'un être humain venait se glisser dans leur matériel. Le patriarche s'est étonné une fois encore, ennuyé et agacé d'être perturbé dans sa routine. Jamais il n'avait vu cela. L'image de cette gamine venue se perdre dans ses maillages le répugnait: « *Porca miseria ! Porca miseria !* »

Je gisais, immobile, parmi le menu fretin qui frétillait, *porca miseria !*

Antonio a imploré celui qui l'avait engendré de cesser sur-le-champ ses injures. Celui-ci a persisté, est devenu grossier : « *Va fan culo !* » Le fils a fini par s'insurger : « *Basta !* ».

Le jeune pêcheur l'a ensuite prié de bien vouloir l'aider à me libérer. Luigi a continué à râler. On m'a allongée inerte sur le bastingage. Dans leur saisie, ils ont également récupéré un sac en plastique entouré d'un tissu imperméable marron refermé par du scotch. Antonio a cru qu'il m'appartenait. À son tour, il s'est exclamé : « *Porca miseria !* »

Il a posé son oreille sur ma poitrine, deux minuscules protubérances où se cachait mon cœur. Il s'est retroussé les manches, s'est acharné sur mon buste. Ses mains sur mon sternum, il les a secouées avec régularité et acharnement. Ses mains, elles étaient comme celles de feu mon père, elles étaient douces et robustes. Ses mains, je serais capable de les crayonner. Des larmes se sont posées sur ma joue, des petites gouttes d'humanité. Quand enfin il a perçu dans mon corps un son, celui de la vie qui se remettait à battre discrètement en moi, il s'est exclamé : « *Grazie a Dio* ».

Du liquide salé s'est évacué de ma bouche. Écœuré, Luigi a pesté contre cette journée de travail gâchée. Le port était à quelques miles. Antonio l'a obligé à appeler les secours. Le vieux marin a repris les commandes de son engin, a navigué à une allure folle. Quand nous sommes arrivés à quai, l'ambulance nous attendait : « *Come ti chiami ? Rispondi ! Quanti anni hai ?* »

Antonio a montré le paquetage en plastique marron. Il l'a ouvert alors qu'on m'installait sur un brancard. À cette époque, nous étions peu nombreux à prendre la fuite sur des barques et on ne repoussait pas encore les pauvres diables que la nécessité incitait à braver les océans.

Je ne comprenais rien, je ne pouvais pas répondre à leurs questions. Je voulais pourtant leur dire : « Je m'appelle Aïssé. Mon père Babacar est mort il y a moins d'un an. Papa, quand j'étais dans la vague, je l'ai vu aussi vivant que vous tous qui vous agitez maintenant autour de moi. Il m'a dit de ne pas m'en faire, a déposé un baiser sur mon front et m'a rappelé qu'il m'aimait, mais que je ne devais pas le rejoindre tout de suite. Il m'a installée dans le filet avec les poissons, a tapé dans ses mains et le filet est remonté ». Personne n'aurait eu foi en mon récit.

Antonio, sur les marchés, je me suis fait la réflexion qu'on devait forcément le reconnaître parce qu'il avait une sacrée gouaille. Une gouaille tonitruante. Lorsqu'il est parvenu à ouvrir le petit ballot, ses yeux se sont illuminés. Mon sauveur a tourné les pages d'un passeport resté intact. Indubitablement un cadeau de l'esprit paternel. Le fait que ce document soit retrouvé dans le même filet que moi a suffi à justifier qu'il m'appartenait. Antonio, d'une voix fluette qui n'était plus sienne, s'est étourdi : « *Grazie a Dio !* ». Il a murmuré : « *Incredibile !* ». Il a bafouillé : « *Il suo nome è Espérance Valonga. Lei ha vent'anni* ».

Mon énigme est longtemps restée ce nom et ce prénom usurpés. Grâce à eux, je suis devenue mille identités. La voilà, mon histoire. Difficilement intelligible pour les cartésiens. Papa y est pour quelque chose, il s'est arrangé pour me faciliter la vie. Le pouvoir des défunts est prodigieux.

Ils étaient trois dans la confidence : Krim, Joséphine et Prince. Une seule m'a trahie !

14

À mon arrivée en France, j'ai officié dans une usine de tri de déchets. Je me suis familiarisée avec les odeurs de putréfaction emballée qui roulait sur un plateau. Je sondais les détritus pour en séparer le bien du mal. J'ai ainsi découvert que certains ne sont pas recyclables. J'ai beaucoup lu grâce à Fatoumata, la fille de ma tante Mariama. C'est elle qui m'a hébergée quand j'ai débarqué à Ivry-sur-Seine après un trajet en car. Pas une fois je n'ai été contrôlée. Les temps étaient plus cléments à l'époque. Il m'a fallu vingt-quatre heures pour faire Rome-Paris. Antonio, mon bienfaiteur, a mis un point d'honneur à m'aider : « Je t'ai sauvée, j'ai une dette envers la vie, te faire arriver à bon port ».

Ma cousine était lycéenne. Je l'ai soutenue dans ses révisions du bac. J'ai suivi son programme scolaire, j'ai emprunté ses manuels, j'ai travaillé tous ses cours. Je l'aimais, Fatoumata, elle m'a offert le savoir. Elle portait des parfums vanillés. Moi, j'avais beau me laver, subsistaient sur ma peau des émanations infimes de puanteur. Tout en moi était imbibé, même l'épiderme. Je ne pouvais plus me sentir. Un parterre de petits boutons a éclos sur ma chair à cause des excréments domestiques. J'étais allergique aux détritus. Mariama s'est moquée : « Petite nature ». Elle s'est irritée : « Ce n'est rien ! » Le médecin a certifié : « Vous ne pouvez plus travailler dans ce domaine. Vous êtes inapte ».

Ma tante s'est offusquée : « Les médecins, ils en savent quoi ? » et a fini par me ficher dehors : « Moi, j'ai bien voulu te recueillir, te faire embaucher, mais tu ne peux plus rester chez moi. Je ne peux pas te laisser seule avec mes fils. Je te fais confiance à toi, mais le diable pourrait vous souffler des idées que vous regretteriez. Tu comprends ça ? » J'ai disparu dans un foyer pour jeunes adultes. Je me suis accoutumée à Paris, j'ai trouvé un emploi dans une sandwicherie. J'y ai rencontré Krim. J'ai essayé de renouer avec Fatoumata, en vain, sa mère lui avait déjà servi une autre vérité.

À la sandwicherie, je ne comptais pas mes heures pour rembourser la tontine que les femmes du village m'avaient octroyée pour mon exil. J'envisageais d'acheter un petit lopin de terre pour maman. Je rêvais de lui construire une belle maison au bled. Je lui envoyais beaucoup d'argent. J'en gardais très peu pour moi. Le patron et mes collègues m'aimaient bien. Aux clients, j'offrais un sourire, un mot gentil et je ne répondais pas aux insultes. J'ai appris à être sourde quand on me traitait de « négresse » ou de « bamboula ».

Mes oreilles ont fini par accepter de les entendre, ces injures. Jamais d'agacement ni d'irritabilité. Résignation ou indifférence ? Un jour, on m'a proposé une promotion. Elle m'a révélé les limites du salariat. Je suis devenue manager. Je bossais toujours plus, mon salaire augmentait à peine. C'est alors que j'ai souhaité entreprendre pour ne plus dépendre de personne. C'est là qu'a jailli mon idée. Elle m'est venue en observant dans le métro les mamas africaines se rendant à la noce, vêtues de boubous en wax. Elle ne m'a plus quittée. Elle me réveillait dans la nuit. Elle se cramponnait à mes cellules grises, ne me laissait pas de répit, m'obligeait à m'interroger sans cesse sur les modalités pour la concrétiser.

Je me suis pris une machine à coudre avec un plan de travail et une pédale en bois et me suis inscrite à des cours de couture dans une MJC du 18ème où j'habitais. J'ai dégoté mon engin pour une somme dérisoire aux Puces de Clignancourt. J'ai passé mon CAP en candidat libre. J'ai obtenu de très bons résultats. Je me suis mise à confectionner toutes mes tenues. J'adorais le ronronnement du moteur, qui me rappelait celui des tailleurs de Bamako où mon père allait s'approvisionner en costumes. Papa n'était pas paysan, il n'était pas journalier dans les champs de coton non plus. Non, papa était comptable dans la capitale. Il partait dans son auto aux aurores et rentrait au coucher du soleil. Il était le seul à posséder une voiture dans le village. Il était respecté pour son instruction. À sa mort, maman, elle, ne l'a pas été. Elle n'avait pas beaucoup étudié ; cependant, elle était imbattable en calcul. C'était la plus belle fille du hameau. Cela suffisait à papa. Mes parents s'étaient unis par amour contre l'avis de mes grands-parents. À la disparition de leur fils, ils se sont montrés déterminés à prendre leur revanche.

Papa avait des principes : « Quand tu vas à la capitale, ne t'expose pas aux railleries. À l'extérieur, habille-toi et parfume-toi comme un nanti. Chez toi, l'amour des tiens suffit à t'envelopper ». Je me suis évertuée à suivre son exemple. Quand j'ai débarqué à Paris, j'ai acheté des échantillons de parfum de luxe à des vendeurs à la sauvette, j'en ai usé avec parcimonie. Je me suis procuré des vêtements pas chers dans des friperies, des vide-greniers, chez Emmaüs. Des sapes qui me donnaient une allure de Parisienne élégante et discrète. Mes cheveux, je les ai disciplinés avec toutes les techniques de lissage possibles et imaginables. À un moment, j'ai même tenté de me blanchir la peau. J'y ai toutefois assez rapidement renoncé, car elle refusait l'éclaircissement. Elle l'a manifesté par une réaction cutanée, une forme d'acné assez répulsive.

15

J'ai ouvert une porte, une clochette a annoncé mon entrée. L'endroit était désert. Le temps s'est interrompu. Une parenthèse. Je pénétrais dans la boutique du bonheur : des mètres d'élastiques, des fleuves de rubans, des pelotes de laine en boules obéissantes, des boutons comme des yeux de toutes les formes et de toutes les couleurs, des arcs-en-ciel de prunelles, des dés au métal nickelé, cuivré ou or qui vous exaltaient. J'ai été prise d'une curiosité enfantine, d'une envie irrépressible de tout toucher. J'ai tiré sur des bobines. J'ai saisi des poignées de perles nacrées, un déluge de nuances. J'ai feuilleté des catalogues de patrons de robes de soirée. J'ai caressé des dentelles. J'ai trouvé des paillettes, elles filaient entre mes doigts. Elles s'accrochaient à ma peau. Je me suis servie à plusieurs reprises dans les bocaux qui les contenaient. Je les transférais de ma main droite à ma main gauche, doucement. Hypnotique sensation, grains de sable semblables à des étoiles brillantes. Je m'extasiais comme une enfant.

- À ce que je vois, vous vous amusez bien !

Quelqu'un a sonné la fin de la récréation, une voix de femme amusée. Les paillettes m'en sont tombées des mains et ont fait scintiller le sol. Aussitôt, je me suis baissée pour les ramasser. En me redressant, je me suis aperçue que j'en étais recouverte.

- Il m'arrive de croire que mes merceries sont des confiseries. Les paillettes ont un effet sur les adultes, vous n'avez pas idée ! J'en suis persuadée, elles les fascinent et les magnétisent, s'y cache une force ésotérique.

- …

Je me sens un peu honteuse.

- Vous avez vu comme vous brillez ? Ne cherchez pas, c'est bon signe !

Je me suis débarrassée du reste de paillettes, elles ont glissé dans leur pot. Fini de jouer. Je désirais concrétiser enfin mon idée :

- Je cherche des patrons de vestes.

- Tenez, vous en avez plusieurs modèles ici, juste à côté des pelotes de laine, tout au fond.

Elle a cligné des yeux :

- C'est pour quel type de tissu ?

- Du bogolan, dis-je fièrement.

- Je ne connais pas…

- C'est un textile de chez moi en coton orné de symboles tribaux.

- C'est du wax ?

- Ça y ressemble, mais ça n'en est pas. C'est une étoffe trempée dans un mélange d'argile et tissée à la main.

- Vous pourriez m'en montrer ?

J'ai senti chez elle un véritable intérêt, une soif sincère de découverte. J'ai sorti les deux mètres de bogolan bien enveloppés dans du papier de soie, envoyés par maman. Elle s'est exclamée :

- Comme c'est beau !

Une vieille dame, petite, dos voûté, cheveux gris violacé, mise en plis remarquable, lèvres vermillon aux contours baveux, est venue s'enquérir de l'arrivée des pelotes de laine mérinos qu'elle avait commandées. Je me suis mise en retrait. La propriétaire m'a indiqué une porte ouverte tout en s'adressant à la cliente : « Je suis désolée, la vendeuse de ce magasin m'a fait faux bond, revenez en fin de semaine. D'ici là, tout sera rentré dans l'ordre ».

J'ai pénétré dans une pièce plus vaste que le magasin. Le jour s'y introduisait par une fenêtre à hauteur de sol. Deux miroirs qui se répondaient captaient la clarté extérieure. Les pas des passants résonnaient. Je n'avais jamais vu un atelier de couture avec autant de luminosité. En son centre trônait une grande planche de bois sur des pieds métalliques. Un mètre de couturière rose, des petites aiguilles piquées dans un minuscule coussinet, une machine à coudre Singer et une théière étaient posés sur l'un des coins de la table. Une bouilloire traînait sur une étagère, où étaient placées quatre tasses en rang d'oignons. Je regardais chaque détail, tout semblait obéir à un ordre bien précis. Mon hôte m'a rejointe. Elle m'a observée, j'étais gênée. Elle m'a servi du thé au jasmin. Ses rajouts blonds contrastaient avec son teint. Tout était énergique chez elle, jusqu'aux boucles bien pelotonnées.

- La machine à coudre, elle a huit programmes, boutonnière automatique, rembobinage des

- cannettes. C'est un vrai bijou ! Comment vous appelez-vous ?

« Aïssé » m'est venu dans l'euphorie du moment, mais ma bouche a articulé « Espérance ».

Elle s'est présentée à son tour :

- Moi, c'est Joséphine, Jo pour les intimes.

Elle a déposé l'étoffe devant un des patrons que j'avais choisis. Notre amitié a débuté dans ma première découpe agile du tissu. Mes coups de ciseaux étaient fermes ; ma main, habile.

- Vous savez coudre ?

J'ai hoché la tête de bas en haut. Elle m'a tendu du fil, une aiguille et un dé :

- Au travail, mademoiselle ! Nous allons voir le résultat et si nous sommes satisfaites, nous passerons à la machine.

Le produit fini nous a semblé acceptable. Mon idée était devant nos yeux.

- C'est vraiment pas mal du tout, c'est pour offrir ?
- Non, c'est pour vendre.

Elle semblait ravie de ma réponse.

- Faisons un marché. Je cherche une vendeuse, vous me plaisez. Faites-moi confiance. Nous allons bien nous entendre. Je vais te tutoyer, j'ai beaucoup de mal avec le vouvoiement.

Je ne savais pas à ce moment-là qu'elle aimait vendre et acheter. J'ignorais que tout chez elle se monnayait : les amitiés, les amours. Je la revois me scruter. Dans son regard, je n'avais pas encore décelé l'escroquerie. Elle ne parlait jamais aux gens en les regardant dans le blanc des yeux, mais toujours de biais. Elle vous examinait avec ses mains. Elle avait besoin de vous toucher, de vous sentir, elle tâtait votre âme pour la modeler selon son inclination : « Je nomme toutes mes employées *ma chérie*. Elles sont toutes comme mes filles. Je n'ai jamais voulu faire d'enfants. Trop de misère dans ce monde pour rajouter de la détresse ».

Elle vous absorbait dans le mielleux de ses paroles. Elle vous engloutissait tout entière pour pouvoir vous forger. Je ne l'ai pas saisi tout de suite. Elle était de ma couleur, elle allait m'aider à réaliser un rêve. J'étais éblouie par son altruisme.

***

J'ai trouvé que sa proposition était une bonne opportunité pour moi. Je ne pouvais pas la refuser, d'autant plus que j'en avais assez de la sandwicherie. Je n'ai pas réfléchi. Tout concordait, mon CAP, mon idée, les esquisses de sa concrétisation et cette offre d'emploi. J'ai accepté en informant ma future employeuse : « Je vous ai dit que je viens du Rwanda, mais je suis née au Mali », « Si cela n'engendre pas de désagréments, ce n'est pas mon affaire », « Vous n'aurez aucun souci, je vous le promets », « Tu pourras fermer à 19 heures, tu ouvriras à 9 heures, pas avant. Je passerai demain pour voir comment tu t'en sors ».

Elle s'est aussitôt évanouie. Certainement parce que je lui avais fait bonne impression. Le lendemain, cela a été officialisé par une embauche. J'ai appris par cœur le nom de chaque produit, les références, les prix. J'ai repéré les clients fidèles, ceux qui n'achetaient jamais rien. J'ai découvert les couturières, les brodeuses, les tricoteuses. Précises dans leurs requêtes, intarissables quand il s'agissait d'évoquer leurs travaux en cours, généreuses en conseils, inventives.

Lorsque la mercerie était vide, je me faufilais dans l'arrière-boutique. Je découpais, j'assemblais les réalisations qu'elle m'autorisait à écouler dans son magasin. Elle me rendait souvent visite, m'invitait à déjeuner ou à dîner dans des adresses parisiennes très fréquentées. Elle aimait le bruit, la foule, l'agitation. J'étais discrète. J'adorais le silence.

Au cours de nos sorties, nous avons rencontré ses amis, en particulier Jean-Claude, un haut fonctionnaire. Ils étaient proches à leur manière, ils s'embrassaient en ma présence, se donnaient la main parfois : « On est comme ça depuis le lycée, quand on a des envies, on ne se prive pas. Nous sommes libres et l'amour, c'est un sentiment *has been* ».

Elle appréciait boire et manger. Elle nourrissait ses rondeurs : « Toi, tu es trop maigre. Mieux vaut faire envie que pitié ! »

Joséphine a commencé à nous comparer. Cela ne me dérangeait pas, elle avait raison. J'étais plate et j'enviais les femmes à la poitrine opulente et aux hanches amples. J'ai longtemps gardé des allures d'adolescente.

Mon propriétaire a soudain décidé de mettre en vente le minuscule studio qu'il me louait, je lui en ai parlé. Elle avait une solution : « Viens vivre à la maison ». Elle me l'a présentée comme une faveur. Je n'ai pas tergiversé. Elle était par ailleurs très persuasive. Son appartement était immense et très bien situé. Je me suis dit que je m'y sentirais parisienne, que je logerais à deux pas de la tour Eiffel. Elle m'a séduite avec sa générosité. Elle m'offrait une vie nouvelle. Elle n'empêchait pas Krim, mon petit ami, de venir me rendre visite ou de passer la nuit avec moi. Rien ne la dérangeait : « Vous êtes mieux ici que dans son trou ».

Mes vêtements cousus main se vendaient tellement bien que j'avais du mal à suivre la cadence. Le bouche-à-oreille à Paris engendrait une traînée de ventes. J'ai instauré un système de commandes pour pouvoir m'en sortir. Elle m'a encouragée sans jamais me demander de comptes, jusqu'au jour où elle m'a proposé son aide : « Tu sais, les clients viennent plus ici pour acheter tes vêtements que mes produits de mercerie. Ma chérie, dans la vie, il faut avoir beaucoup d'appétit. Alors, on va s'adapter, réfléchir, créer des vêtements uniques, mélanger les motifs, s'affranchir des règles, chercher la modernité. Il te manque de l'argent pour développer cette niche. Je suis prête à t'aider. J'ai un beau carnet d'adresses. J'ai déjà pris les devants, contacté un styliste. Il va nous apporter sa touche créative. Et puis, j'ai eu une autre idée, vendre des rouleaux de bogolan ».

Elle s'est incluse sans que je ne la sollicite. J'aurais pu refuser. J'ai pensé aux femmes du village. J'allais m'associer avec elle pour qu'elles aient des gains encore plus conséquents. J'ai adhéré à son projet. J'ai signé un contrat avec une clause que j'ai minimisée : les tisseuses de chez moi auraient l'obligation de vendre leur bogolan exclusivement à notre société. Elles m'ont fait confiance, j'ai obtenu leur autorisation et une procuration. Je ne me doutais pas que c'était une partie de moi-même que j'étais en train de brader.

Quand j'ai rencontré son styliste, j'ai émis des réserves. Elle les a balayées. Elle savait de quoi elle causait. Je n'y connaissais rien. Elle s'est emparée de Bogolan Inc. avec avidité : « Ne t'inquiète pas, j'ai un don en affaires, c'est un passionné, je le sens. C'est un des meilleurs de Paname et il m'a donné un super tuyau, confier nos pièces à des couturières en réinsertion. La fabrication de nos vêtements nous coûtera moins cher que dans des usines chinoises ».

Armand, c'est ainsi qu'il s'appelait, a eu carte blanche. À chaque fois qu'il créait un nouveau modèle, c'est à elle qu'il le présentait d'abord. Mon avis ne comptait pas vraiment. Elle refusait rarement une de ses créations. Je n'ai su que trop tard qu'il était le fils de Jean-Claude. En quelques mois, la mercerie a laissé place à une boutique de vêtements afro-glam. Je me suis fait une raison, j'ai pensé aux femmes du village. Leur bonheur suffisait à me contenter.

Krim m'a conseillé plusieurs fois de me méfier. Je ne l'ai pas écouté : « Les rentières ne s'associent jamais aux gens comme nous pour rien. Elles ont toujours quelque chose à gagner. Fais attention à toi ».

J'ai pourtant réussi à le convaincre du contraire. Nous étions ensemble depuis mes débuts à la sandwicherie. Il était plus jeune que moi, mais avait une vision cynique du monde qui me le rendait intéressant. Je n'éprouvais pas de sentiments exaltants pour lui.

16

Joséphine affichait ce que je voulais. C'était en apparence une femme joviale et désintéressée. C'est en la fréquentant que j'ai appris à la connaître. Un sourire constamment en préparation pour amadouer. Une philanthropie non sans intérêt. Une âme charitable qui donnait pour recevoir en retour. Il lui arrivait de partir tout un week-end ou des semaines entières sans prévenir. Il y avait chez elle un mystère que je cherchais à percer. Qui était-elle vraiment ? Elle était très discrète sur l'essentiel. Lorsqu'elle recevait sa mère à dîner, du détachement et de la froideur à chaque cuillerée.

Elle n'a révélé que peu de choses. Une enfance en Afrique, des grands-parents aimants, un père vivant au Sénégal : « Ma mère a toujours donné plus d'amour à ses étudiants, accessoirement amants, qu'à moi. Maintenant que tu sais que je suis un peu sénégalaise, totalement parisienne, et pas du tout proche de ma mère, à ton tour, raconte-moi ». « Mon histoire ressemble à celle de nombreux migrants ». « Je n'en suis pas si sûre ».

Elle a pris une expression affligée ; son regard, une tonalité mélancolique. Elle était assise sur son fauteuil en rotin (j'avais intériorisé l'interdiction de m'y installer, elle avait dû me la suggérer), moi sur le canapé. J'ai cédé. Je lui ai relaté la traversée. Je lui en ai dit les moindres détails, la plage, les passeurs, l'apocalypse, mon sauvetage. J'ai tu le viol. Elle écoutait, silencieuse. J'ai deviné un véritable intérêt. Une fois mon récit terminé, elle s'est levée avant de se diriger vers la cuisine dans un déhanché saugrenu. Elle a chanté. J'étais mortifiée, offensée et vexée. Des larmes souhaitaient accompagner mon humiliation, j'ai refusé de les laisser m'éclabousser. Elle m'a mise mal à l'aise. Quand elle est revenue dans la pièce, encore plus enjouée, j'ai suspendu ma tristesse, ai souri bêtement. Je n'ai pas compris. Elle m'a fait vaciller. Elle a continué à dandiner son corps bizarrement. Elle a imité maladroitement France Gall, que mon père adorait. Elle a fredonné à tue-tête :

C'est comme toute l'histoire

Du peuple noir

Qui se balance

Entre l'amour et le désespoir

Quelque chose qui danse en toi

Si tu l'as, tu l'as

Elle a repris place sur son fauteuil. Avec un sérieux implacable, elle m'a fait remarquer :

- Je dois l'avouer, ton histoire est un peu tirée par les cheveux, mais je te crois.

Elle a épousseté ses vêtements, baissé le regard.

- Cela n'a aucun rapport, mais Krim, est-ce que tu l'aimes ?

J'ai dû répondre, sans trémolos dans la voix, pour ne pas lui montrer qu'elle venait de m'achever.

- Nous sommes plus amis qu'amants et cela nous va très bien.

- Et s'il devenait notre associé ? Il fait du sacré boulot pour nous. Une manière juste de le récompenser, il s'impliquera d'autant plus.

Les bras m'en sont tombés. Krim nous avait proposé son aide pour gérer notre site internet. Il s'y connaissait dans ce domaine. Il adorait le monde virtuel et s'était formé seul, un véritable autodidacte. À mon sens, cela ne justifiait pas un changement de statut de salarié à associé. Qui plus est, ils ne s'appréciaient guère. Il y a eu un revirement de sentiments soudain que j'ai interprété comme l'expression d'une intelligence réciproque. Ils faisaient des efforts parce qu'ils étaient attachés à moi.

- Tu n'y penses pas sérieusement ?

Il s'attendait à sa proposition.

Elle m'a presque harcelée pour qu'il devienne notre associé. Lui m'a juré que l'idée ne venait pas de lui : « Après tout, les ventes sur internet, ça a boosté la boîte. Je n'ai pas compté mes heures ».

Elle avait toujours un coup d'avance. Krim a fini par devenir décisionnaire autant que moi et elle. Ils étaient complices. Quand je les ai vus ensemble nus et soudés, l'écœurement l'a emporté. Elle, je commençais à bien cerner sa personnalité, mais lui, je l'ai découvert sous un autre jour. J'aurais pu les insulter. J'aurais pu me battre avec lui ou avec elle. J'aurais pu cramer toutes leurs fringues, mettre de la mort-aux-rats dans leurs aliments, faire appel à un sorcier pour les éloigner l'un de l'autre. J'aurais pu tout casser. J'aurais pu chercher à les humilier. Au lieu de cela, je suis sortie sans faire de bruit, incapable de les quitter. Bogolan Inc. était un fardeau trop lourd à porter, mon sacrifice pour les femmes du village m'a paru démesuré. Pourtant, je suis restée.

17

- Tu les as lues, les annonces de boutiques ? Celle de quel arrondissement préfères-tu ?

- …

- Espérance, je te parle !

- On n'est pas bien ici ?

- Pourquoi freines-tu cette décision ? me demande Joséphine.

- J'ai mes habitudes ici.

- Les habitudes ne sont pas un repère.

J'insiste.

- Elle est bien la boutique de Barbès. Regarde, le quartier est en pleine mutation. En plus, le gros des ventes se fait sur notre site internet ou à nos événements. Je ne vois pas pourquoi tu insistes. On a de nombreux clients.

- Moi, j'ai besoin de changer d'air ! annonce Joséphine.

- Moi, je ne veux pas investir plus. L'argent qu'il y a en trop, elles en ont besoin là-bas.

- Il t'arrive de penser à toi ?

Je ne comprends pas ce qu'elle veut dire…
Joséphine renchérit :

- Depuis quand tu ne t'es pas fait faire une manucure ?

- Je n'en ai pas besoin, dis-je sur la défensive.

- Tu sais, ton homme est jeune, on pourrait avoir envie de te le prendre.

- Ben qu'on me le prenne !

Avec elle, ma meilleure réponse était devenue la niaiserie, la laisser croire que je ne savais rien, la laisser imaginer qu'elle était plus intelligente et plus maligne.

- Je t'aurai prévenue. Assez parlé de lui. Vite, nous sommes en retard pour le rendez-vous avec Daddy Cool !

Nous sommes montées dans la Citroën H orange avec « Bogolan Inc. » écrit en encre noire sur les portières arrière. Ce fourgon en tôle ondulée rigide était son idée. Elle y était attachée comme à une mascotte. Il faisait office de carte de visite et manifestement, il ne passait jamais inaperçu. J'ai tenté plusieurs fois de lui faire changer de modèle : « Tu ignores manifestement ce qu'est la classe ! »

Elle arrivait à me blesser avec de petites piques sur mon physique, mon manque de manières, de culture, ma lenteur. Elle ne dépassait jamais certaines limites. Elle savait où s'arrêter :

- Il y a de l'esprit dans cet engin. Tu vas voir, il va nous aider à faire signer le chanteur. Tu le connais ?

- Je l'ai déjà vu à la télévision, il s'habille de manière très sophistiquée, genre victime de la mode, on dirait un vieux jeune.

- N'importe quoi ! affirme Joséphine. On aura vraiment de la chance s'il accepte de devenir notre égérie et moi, j'espère vraiment coucher avec !

- Mais tu ne le connais même pas !

- Détrompe-toi, je l'ai aperçu plusieurs fois à des *Fashion Weeks,* et il en jette. Tu verrais les gamines, elles sont toutes autour de lui. Elles le veulent toutes. Moi, je n'ai jamais réussi à l'approcher.

Elle ambitionnait l'univers. Elle m'agaçait au plus haut point. Mon aversion pour elle dépassait même celle que j'avais ressentie pour le passeur. Elle parvenait de moins en moins à cacher son mépris pour ma personne. Je lui servais de balancier pour accroître son estime de soi. Je souhaitais ne jamais lui ressembler.

18

Nous avons miraculeusement trouvé une place pour nous garer. Elle a déchargé le portant, je tirais sur une énorme valise. Nous avons sonné à l'interphone, on nous a guidées, la première à gauche dans la cour. Une porte s'est ouverte. Nous nous sommes introduites dans une fumée dense, parfum d'encens boisé et d'épices brûlées. Le studio abritait une nuée en clair-obscur. Les musiciens nous ont ignorées. Ils étaient captivés par leurs accords, grattaient sur une guitare, tapaient sur un djembé, discutaient d'une note, se congratulaient, s'encourageaient, s'agaçaient. Des choristes s'essayaient à des vocalises. « Viens, on installe ! »

J'étais embarrassée, « là ? », « oui ! »

Nous nous sommes activées au milieu de ceux qui jouaient sur des instruments en se tendant des joints, ils avaient l'air si sérieux. Nous avons déballé notre marchandise, quelques yeux légèrement pourpres nous ont observées, distraits. Un homme, baskets rouges aux pieds, est apparu parmi les volutes :

- *Yes*, les filles, vous êtes là ! Montrez-moi donc votre came !

Elle a remis de l'ordre dans ses cheveux, a ouvert sa mâchoire pour dévoiler ce qu'elle pensait être un sourire enchanteur.

- Nous avons apporté des couleurs qui, je le pense, vont vous ravir. Vous aimez l'Afrique ?

- Et comment ! Je la porte en moi.

Il a demandé : « Je peux tout prendre sans jeter un œil à ce que vous avez apporté ? Je vous fais confiance. »
Il a malgré tout enfilé des tenues par-dessus son jogging. J'ai souri, il était d'un naturel touchant. Il m'a fait un clin d'œil. Ses yeux s'enfonçaient en moi. Visage fin, courte chevelure poivre et sel et moustache soignée, il nous a conviées dans son bureau. Elle et moi étions séduites. Je le scrutais, écoutais ses mots. Je ne m'imaginais pas assez futée pour participer à la discussion que lui et mon associée entamaient. Je suis restée en retrait, subjuguée. Sa voix s'est entortillée dans mon cerveau. Elle a atterri sur ma poitrine. Il m'a obligée à prendre part à leur échange. Il s'est orienté vers mes origines :
- On n'a pas fait les présentations. Mon vrai prénom, c'est Prince. Daddy Cool, mon nom de scène, c'est en référence à mon groupe préféré, Boney M.

Il m'a adressé un regard espiègle.
- Alors comme ça, toi aussi tu es rwandaise ? Espérance Valonga, c'est ça ? Tu viens de chez moi, n'est-ce pas ? Et si on parlait en rwanda-rundi ?

J'ai bafouillé :
- Je ne sais pas.

Il a souri :
- Comment cela est-il possible ? Oublier sa langue maternelle ! Faut que tu m'expliques ! Une langue, c'est comme une seconde peau. Une langue, c'est la chair de la terre qui t'a vu naître. Une langue, ça vit

éternellement en toi comme un cœur qui bat dans tes tripes. Une langue te rappelle d'où tu viens quand tu t'es perdu ! Comment peut-on oublier ce qui te ramène à tes racines, à ta naissance, à ton père, à ta mère, à tes aïeux ?

Il ne m'a pas laissé le choix. J'ai répondu de but en blanc :
- Je ne suis pas rwandaise. Je ne me prénomme pas Espérance.

Il y avait dans son discours de la grandeur, celle des âmes éprouvées. Il venait d'exprimer avec conviction ce en quoi j'avais toujours cru, l'importance de nos propres racines. N'avais-je pas choisi le bogolan pour en partie continuer à faire vivre le village en moi, moi qui ne pouvais plus m'y rendre ? Les mots qui sont sortis de sa bouche m'ont secouée. Je me suis sentie enfin capable d'offrir ma vérité sans craindre les préjugés. Je n'ai pas eu envie de lui mentir. Il n'y avait pas de colère en lui. De l'éloquence. De la certitude et de l'espoir !

Il ne semblait pas étonné par mes propos. Je l'intriguais.

- Il faudra me raconter tout ça. On dîne toujours ensemble pour voir les détails du contrat ?

Une choriste a coupé court la conversation : « Le producteur est dans le studio ».

Quelques heures plus tard, j'ai raconté à Prince comment le Rwanda était devenu ma patrie de cœur. Il m'a écoutée. Dans mes dires, il la retrouvait, elle. Il ne

l'avait pas oubliée. J'avais hérité de l'identité de son premier amour. Exceptionnel concours de circonstances.
Il a bu chacune de mes paroles. Il suivait la trajectoire de mes virgules, mes points et mes silences. Il assentissait. Il prenait part à mon aventure par le pouvoir de mes lèvres qui s'agitaient : « Pouvais-je refuser les papiers d'Espérance ? » Il a répondu en faisant non de la tête et répété plusieurs fois : « Non, non, et non, absolument pas ! ». Ce pays que je ne connaissais pas, je le portais en moi par la force d'une coïncidence surnaturelle, celle de ces papiers qui s'étaient retrouvés dans les mêmes filets que moi. Il était ému. Il a insisté sur la connexion de nos destins et m'a offert une mélodie qu'il avait écrite longtemps auparavant pour celle qu'il avait connue et aimée et dont j'avais embrassé l'identité.

N'aie pas peur de ta peine
Je la porte sur mon dos
Parce que tu es une reine

N'aie pas peur de ta peine
Je la porte sur mon dos
Et recolle les morceaux

19

Krim et moi avons d'abord été collaborateurs complices à la sandwicherie. Nous aimions nous conter nos mésaventures d'un soir, nos amours déçus. Nous riions des curieuses et des curieux, des excentriques, des volubiles, des faux-culs, des baratineuses et des baratineurs, des mythos que nous attirions malgré nous. Nous nous amusions à participer au championnat de nos déconvenues. Celui qui gagnait invitait le perdant à dîner. Peut-être avons-nous inventé les trois quarts de nos conquêtes pour le plaisir d'épater l'autre. Savoir qu'il était orphelin et exilé le rendait sympathique à mes yeux. Nous nous ressemblions. Nous avons fini par être entraînés vers ce que nous concevions comme un sentiment amoureux. Nous nous sommes liés par la routine et l'accoutumance à notre présence réciproque. Nous sommes devenus deux solitudes dépendantes. Ses maladresses et ses gestes inoffensifs m'émouvaient. J'avais beau inventorier les qualités qui m'attachaient à lui, je ne voyais ni générosité ni grandeur d'âme. Krim était prévisible, il ne m'effrayait pas. Cela me suffisait. Je n'ai pris aucun risque. Instinctivement, les hommes m'inspiraient de l'agressivité. Ce n'était pas le cas avec lui. Je ne lui trouvais pas la beauté des bourrasques ni celle des tempêtes, il ne créait pas de désordre en moi, il n'exhalait pas la virilité. Non, il avait une odeur d'assouplissant. Elle ne me percutait pas. Si le passeur sentait l'iode et le sang métallique, Krim était sans arôme.

Quand je les ai aperçus enlacés, lui et Joséphine, sur le coup, je ne les ai pas reconnus. Ils étaient tellement suspendus à leur jouissance qu'ils ne m'ont pas remarquée dans l'entrebâillement de la porte d'entrée. Ils ne formaient qu'une seule et unique silhouette qui se répandait en bestialité. Un alliage grandiose d'exaltation. J'en ai été jalouse. Il ne m'avait jamais fait l'amour avec autant d'emportement et de passion. Je les ai enviés. Nos deux corps à nous ne faisaient que se frôler. J'ai haï Krim. Il m'avait refusé ce qu'il lui servait. Sans l'existence de ce fichu contrat qui nous liait tous les trois, je lui serais tombée sur le paletot, pour reprendre l'expression d'une de nos clientes. Sans cette clause qui obligeait les femmes du village à écouler leur étoffe exclusivement chez Bogolan Inc., j'aurais rompu mes entraves, le motif était suffisant. C'est moi qui avais scellé l'acte qui nous enchaînait, mes compatriotes et moi, à une obligation qui avait fini par entraver ma liberté d'agir. Foutus impératifs contractuels où se nichaient des petites formules sournoises arbitraires. J'ai tout de même entrepris d'éloigner Krim en me refusant à lui. Il ne s'est pas résolu à me perdre. J'ai demandé conseil à Joséphine, l'air de rien, pour la pousser à avouer :

- J'ai des doutes sur sa fidélité.

- Tu te fais certainement des films.

- Je ne pense pas. Je peux te faire un aveu ?

- Tu sais que je suis ton amie, tu peux tout me dire.

- Je ne le supporte plus. Je ne l'aime pas.

- Je vais essayer de lui parler, je ne te promets rien. Tu sais, lui, il t'aime vraiment.

Elle m'a prise pour une idiote. Elle m'a révélé dans son attitude ce que je n'avais encore jamais perçu : ils étaient la parfaite copie l'un de l'autre. Un même détachement des choses du cœur et de tout ce qui s'y rapporte. Ils devaient bien se moquer de moi. J'ai décidé de redresser la barre de mes fragilités, de ne plus me laisser piétiner par mes peurs. J'ai commencé par celui que je ne considérais plus que comme un imposteur : « Krim, j'ai besoin de prendre mes distances avec toi. Depuis que tu es devenu notre associé, je n'y arrive plus. Tout se mélange. Tu sais ce que représente cette boîte pour moi. Depuis que nous sommes liés contractuellement, quelque chose m'empêche de t'aimer comme avant. Tu l'as bien remarqué ». « Mais je t'aime, moi ».

Avec lui, je pouvais m'épargner les circonvolutions : « Renonce à tes parts ». « Tu n'y penses pas sérieusement. Depuis que je suis partie prenante de Bogolan Inc., j'ai vraiment le sentiment d'être utile. Chaque matin, je me sens investi d'une mission, celle d'offrir le meilleur de moi-même aux femmes du village ».

Il reprenait à son compte mes propres paroles.

J'ai suivi mon instinct. Je me suis discrètement rapprochée de Prince. J'ai d'abord commenté ses photos sur les réseaux sociaux. Elle s'en est aperçue :

- À ce que je vois, il te plaît.

- De qui me parles-tu ?

- De Prince. J'espère que tu ne vas pas me la faire à l'envers.

- Jamais de la vie. Il est suivi par plus d'un million de personnes. Tu penses qu'elles sont toutes amoureuses de lui ? J'ai tout de même le droit d'apprécier les photos sur lesquelles notre égérie porte nos tenues.

Prince n'attendait qu'un signe. Je lui ai lancé de vraies alarmes. Nous sommes passés d'échanges virtuels incessants, qui me laissaient entrevoir une amourette, à la réalité. Or, à l'occasion de notre premier rendez-vous, il n'y a pas eu l'attraction que j'avais imaginée. Il n'a pas eu de gestes affectueux, il n'a pas tenté de m'embrasser : « Franchement, la première fois que je t'ai vue, tu m'as mis K.-O., mais je suis un homme trop compliqué et je te respecte beaucoup. En plus, votre trio est suspect ! »

J'étais prête à prendre ce qu'il m'offrait. L'amitié me convenait. À lui aussi. Je me suis arrimée à sa vie nocturne. Joséphine n'en faisait plus partie. Je l'avais évincée. Elle m'attendait à moitié endormie devant son poste de télévision. Elle n'était pas inquiète. Je lui échappais. Je lui volais Prince. Je ne m'en cachais pas spécialement. J'avais besoin de lui faire mal. La journée, je me retrouvais seule à la boutique avec Krim. Il me montrait mille attentions, je le traitais comme un pantin. Elle désertait le lieu où tout avait débuté. J'ai senti la fin de quelque chose. Peut-être que je l'ai poussée à trouver elle-même la solution. Elle a exigé que je quitte l'appartement : « Chez moi, il y a des règles ! Ce n'est pas un moulin ! Tu vas devoir te trouver un chez-toi ».

Prince m'a rendue plus forte. Ma loyauté envers les femmes du village, selon lui, dépassait tout entendement. Il en était sûr, elles n'apprécieraient pas autant de sacrifices: « Ma tournée aux *States* va être longue. Je te laisse les clefs de l'appartement. Tu y seras comme chez toi ».

Première nuit chez lui. Il est 6 h 10 du matin, j'entends tambouriner à la porte. Je cours ouvrir. Des agents de police m'ordonnent de décliner mon identité.

***

Vingt ans en France, vingt ans à Paris, une vie, des habitudes, des liens, mon entreprise, tous ces gens que je rencontrais ne serait-ce que quelques secondes, ces lieux que je traversais, ces allées où je déambulais, ma ligne de métro, ma poste, ma banquière, mes voisins, la concierge, les croissants au chocolat, le café du coin, mon petit expresso, mon esthéticienne, ma coiffeuse afro du 20ème, ma tour Eiffel, le Marais, Saint-Germain-des-Prés, le Trocadéro, mes promenades au Jardin des plantes, mes balades en Vélib', le Pont-Neuf, le jardin du Luxembourg, Montmartre secret, elle m'a exclue de tout cela. Cette ville où s'agitait mon décor s'efface dans un nuage de pensées maussades. Je nourris déjà le mal de Paris. En quelques minutes, mon quotidien a basculé, mon monde s'est écroulé, réduit en miettes de chagrin. La cité s'éloigne et se rétrécit dans un cumulus.

Les questions se bousculent dans mon esprit : « Pourquoi a-t-elle fait cela ? De quelle espèce est-elle ? Comment a-t-elle pu perdre son humanité ? Pourquoi ne suis-je pas partie de mon propre chef ? » Je n'ai plus la mainmise sur mon existence. Je ne peux plus décider pour moi. Hors-la-loi. *Persona non grata*. En situation irrégulière, étrangère, clandestine et migrante, je me balance dans le ciel. Il n'est jamais bon de se rendre là où tu n'as pas été invité. Ma réexpédition forcée m'est insupportable. Mon retour menotté est dégradant. Revenir, attachée, m'est douloureux. Je ne suis pas seule. Nous sommes une centaine, les yeux dans le brouillard.

J'ai longtemps craint que cela ne m'arrive, puis j'ai cessé d'avoir peur. J'ai baissé la garde. J'ai endossé l'identité d'Espérance au plus profond de mon âme. J'ai mis de côté le naufrage. Espérance, c'était moi. Je n'ai plus pris de précautions. Elle n'a pas supporté que je me rapproche de Prince, j'en suis sûre. Il a commis une erreur. Elle ne m'a pas épargnée. Certes, j'avais décelé son imposture, mais je ne la croyais pas capable d'aller si loin. Il faut se méfier de celles et ceux qui oublient jusqu'aux origines de leur mensonge. Elle savait s'arranger avec la réalité. Elle a joué avec le contexte, avec cette emprise qu'elle avait sur moi et sur nous tous. Comment expliquer aux femmes du village que l'autre « bienfaitrice » est un démon à qui je les ai liées ? J'ai réussi à fuir le mariage avec le vieux chef, j'ai échappé à la mort, mais elle, je n'en suis pas revenue. « Espérance, prendo i tuoi documenti per asciugarli e te li restituisco dopo (Je prends tes documents pour les sécher et je te les redonne après). J'avais hoché la tête de haut en bas. Antonio, tu m'avais parlé comme un père à la gare routière de Rome, tu m'avais fait une dernière recommandation : « Méfie-toi de celles et ceux que tu rencontres et dont tu ne connais pas la filiation. Méfie-toi de celles et ceux qui ne savent pas ta valeur ». Tu avais raison.

Le juge qui a acté mon expulsion a ricané, « la France ne peut pas garder une menteuse de votre acabit ». J'ai hoché la tête de droite à gauche en songeant « non, monsieur, je ne suis pas une mythomane ! »

Tout s'est déroulé très vite. Dans mon malheur, j'ai eu de la chance. Il restait une place dans un charter. Le dernier siège de l'avion m'a été attribué, une offre tragique du destin. Calée sur un strapontin dans un appareil surchargé à destination de Bamako, je suis un colis à livrer en urgence. Je suis venue par la mer dans une barque qui tanguait, je dois m'en retourner par les airs sur un petit banc amovible. L'histoire s'écrit de la même manière pour tous les Ulysse du monde. Ils sont tous ramenés à Ithaque. Je suis une promesse non tenue, une réussite qui échoue.

J'atterris, mon cœur crisse. Je tente de me repeigner, mes mains sont entravées. On demande dans les allées :

- Qui parmi vous s'appelle Aïssé Youssouffa ?

Un agent de police répète :

- Aïssé Youssouffa, vous êtes où ?

- Je suis là ! dis-je.

- Vous avez de la chance, on nous a ordonné de vous ôter les menottes. Vous ne passerez pas par la douane.

On chuchote :

- C'est qui, elle ? Ça veut dire qu'elle n'ira pas en prison ?

Je sors la première. Les autres passagers sont accueillis par des dizaines de policiers en armes. Je retiens mon souffle pour ne plus respirer. J'ai envie d'exploser de l'intérieur. Je suis gênée, mais réconfortée, j'échappe à la réclusion. Sur le tarmac, on m'attend. Je reconnais ma mère. Je m'oublie dans la tendresse des bras maternels. Je m'y plonge comme une enfant. Je sens l'odeur de l'amour et je m'écroule. Elle m'a tellement manqué !

20

Mon arrivée au village s'écrit dans la confusion. En sortant du taxi avec ma mère, j'aperçois des hommes qui forment un cortège funéraire. Ils se rendent au cimetière qui se cache derrière les champs de coton.

- Le vieux chef est mort avant ton arrivée. Comme on dit, il est mort de trouille. Qu'il aille au diable !

Nous nous retenons de rire, maman chuchote, elle ne me lâche plus la main. Avec elle, je les oublie.

Dans la maison m'attendent les tisseuses.

- C'est un jour béni, notre bienfaitrice est de retour !

Je récolte des embrassades, des sourires, des mots attendrissants qui me bouleversent. J'accueille la gratitude, les remerciements. Je suis submergée par mes émotions, j'inspire l'amour et expire l'amertume. Je ne suis pas habituée à tant de manifestations d'affection. Là-bas, j'ai nourri un huis clos avec elle, lui et Bogolan Inc. Je pense à Prince.

Il est question des circonstances de la mort du chef teigneux. Je feins un intérêt de courtoisie pour un récit qui n'est plus mien. Je suis partie depuis si longtemps. Je demande si j'ai la possibilité de rassurer mes amis en France, on me tend plusieurs téléphones. Je ne parviens pas à joindre Prince. Je me rabats sur Krim parce que tant que Bogolan Inc. existe, j'ai besoin d'un interlocuteur. Il me donne la réplique d'une voix qui sanglote. Je ne tente pas de le réconforter, je garde un ton neutre pour lui faire entendre que tout ceci me perturbe également. Dialogue de dupes où je deviens à mon tour bonimenteuse. Il me fait part de ses inquiétudes : depuis trois jours, il a perdu la trace de Joséphine. Elle est injoignable.

- Appelle-moi dès qu'elle rentre !

Son avenir m'indiffère. Elle se figurait m'infliger le pire des châtiments en me faisant expulser, elle m'a au contraire rendu le plus grand des services.

Cette nuit chez moi est habitée par les songes. Papa me salue, le chef teigneux implore mon pardon. Au petit matin, alors que les villageois dorment encore, je vais dans les champs de coton, je veux revoir la tombe de mon père, caresser la terre qui l'a enfoui. La rosée s'est déployée comme un film cristallin sur la nature. J'y retrouve des perles éphémères, un microcosme qui scintille, un paysage aux nuances fragiles de la beauté. Chaque minuscule goutte d'eau m'émerveille. J'entends le muezzin, le soleil se dessine complètement. Je marche au milieu de la blancheur ouatée. Cette grande parcelle de coton est collaborative. Elle appartient à tous les habitants. J'aperçois le cimetière. Je m'y attarde. Je cherche des yeux le tombeau paternel pour y enterrer une part de moi. Je compte inhumer Espérance à côté de papa. Je souhaite tout lui dire, à lui. Voilà enfin l'emplacement où, à mes quinze ans, il est parti rejoindre sa dernière demeure. Je lui clame mon amour, je lui fredonne la chansonnette d'un célèbre chanteur kabyle que m'a fait connaître Krim, « la bru derrière le métier à tisser sans cesse remonte les tendeurs ».

Un groupe composé de six femmes, dont l'une ne doit même pas être âgée de seize ans, passe devant moi. Elles me zieutent avec l'âpreté de la rancune. Je les reconnais. Elles me considèrent comme celle que je ne suis pas, une rivale. Elles m'ont entendue chanter. Elles pensent que je fête la disparition de leur être cher. Elles se trompent. Le sort du chef teigneux m'est égal depuis le sauvetage. Je pars en courant et croise des ouvriers matinaux. Ils me saluent vigoureusement. Le bruit de la vie résonne.

Les sept premiers jours, je redécouvre les lieux, je visite les ateliers et l'école, où je suis reçue comme une reine. Une partie de moi se fixe déjà dans ces nouveaux repères. Je compte exister dans ce présent qui m'oblige à composer avec mon évidence. Je suis Aïssé, ma place est ici. Paris me manque malgré tout. Je communique avec Krim, je n'y arrive pas encore avec elle. Il est plus simple pour moi de lui envoyer des messages.

Et Bogolan Inc. ?

Vous êtes capables de vous en sortir seuls. Bogolan Inc. c'est plus elle que moi.

Tu dis n'importe quoi ! Des journalistes nous ont appelés. Ils veulent diffuser ton histoire. Tu fais le buzz !

Qui, moi ?

21

Pendant un mois et demi, c'est le ballet des interviews. Je m'habitue aux caméras, je m'adapte quand on m'interroge. Je trompe les journalistes, ils pensent que je suis un bon sujet de reportage. Je me sers de leur curiosité pour faire de la publicité à mon pays. On m'octroie une campagne de presse gratuite. Je me moque d'être un sujet à débat, je me moque de savoir qu'il y a les « pour » et les « contre » le retour d'Espérance, leurs discussions inutiles sont ridicules. On m'offre une tribune, je la saisis. Elle me permet de valoriser ma terre natale, ses champs de coton, les ateliers de tisseuses. J'explique les différentes étapes de fabrication du bogolan, cette étoffe nous a offert un destin à toutes et à tous. En un trimestre, nous sextuplons nos gains. Le bogolan de chez moi devient une référence.

Une question brûle les lèvres de tous les reporters qui se déplacent pour m'interroger : « Pensez-vous revenir en France ? ». « M. l'ambassadeur s'est déplacé en personne dans mon village pour m'apprendre le souhait du président de la République, je suis très honorée... ». Je reste évasive, la vie entrave les résolutions. Je laisse sous-entendre que je reviendrai peut-être : « Je n'en suis pas sûre ». J'ai vendu les droits de mon périple à une maison d'édition. Je ne dois pas trop en dire. J'ai commencé à écrire moi-même mon récit, une prêteuse de plume se charge d'embellir le texte. Nous en sommes au tout début, au naufrage. Des avances m'ont déjà été versées. Coucher sur papier ses petits malheurs ou ses petits exploits est très lucratif.

Des gens ont enduré beaucoup plus que moi. Avec l'argent de l'éditeur, j'ai pu m'acheter un bureau à Bamako. Bogolan Inc. est de plus en plus coté en France, ils sont submergés de commandes, d'après ce que me rapporte Krim. Elle, elle refuse d'embaucher du personnel, elle mise sur des stagiaires. Me débarrasser de Bogolan Inc. sans porter préjudice aux tisseuses est ma préoccupation principale.

Prince et moi communiquons beaucoup, sa voix me réconforte. J'aide les hommes aux champs, je donne un coup de main aux femmes dans la préparation du coton, je file parfois. Je me renseigne sur les microcrédits et m'efforce de les mettre en place dans ma commune. Les mamans trop âgées peuvent enfin cesser de tisser, elles se lancent dans la vente de paniers en osier, des jeunes filles ouvrent un salon de coiffure ou d'esthétique. Rapidement, notre environnement se métamorphose. Je propose des formations à l'entrepreneuriat. Le bouche-à-oreille fait son œuvre, des villageoises de l'extérieur viennent à moi. Je me rapproche des banques de Bamako pour qu'elles attribuent des prêts plus conséquents. Mon nom circule. Je suis désormais une femme d'influence à l'échelle nationale.

Je dors très peu, je me démène. Je me sens investie d'une mission, celle de redonner du pouvoir d'achat à la gent féminine pour qu'elle ait plus de poids dans la vie de la cité. La tâche est grande et je suis parfois débordée. Je reçois des quantités de mails du Mali et de toute l'Afrique. Partout, on me demande assistance. Je passe des semaines entières dans mon local de la capitale. Je m'évertue à répondre à tous ceux qui me contactent, j'organise des conseils pour vérifier la nature des besoins de celles qui me sollicitent, je fais appel à des commerçants, des comptables, des ONG. Les dossiers sont étudiés par ordre d'arrivée. Le maire de Bamako finit par me prêter des agents administratifs. Je manque à ma mère : « À quoi bon être revenue si c'est pour ne pas te voir ? », « Maman, c'est important ce que je fais pour les autres », « Tu en as déjà assez fait. Et que fais-tu pour toi ? »

Je prépare l'après-Bogolan Inc.

22

- Grâce à toi, nous n'avons plus besoin d'un chaperon !

- Quand j'ai passé mon permis de conduire, je n'imaginais pas qu'il me servirait. Tu te souviens, tu as insisté pour que je l'obtienne.

- Quand tu l'as eu, j'ai pensé à ton père. Il adorait conduire. Je savais qu'un jour, tu reviendrais.

Elle glisse alors subrepticement :

- On m'a demandé ta main.

- Je ne suis plus une jouvencelle !

- Tu es belle et tu as du pouvoir, les hommes aiment les femmes qui ont du cran. Elles sont pour eux un défi, ils veulent les posséder pour les mater. J'ai dit non à tout le monde !

- Et pourquoi tu ne me l'as pas dit ?

- S'ils te veulent, ils n'ont qu'à te faire la cour ! S'ils sont véritablement intéressés, ils n'ont qu'à passer par toi directement, tu n'es pas un trophée !

Nous sommes attendues par un auditoire composé d'une vingtaine de femmes et d'autant d'hommes. Ils sont tous assis sur des chaises en métal vert et s'observent dans un face-à-face silencieux. Je tends la main à chacune et chacun. On m'offre un siège au centre de ce qui me semble être une zone neutre. Les hommes ont interdit aux femmes de tisser. Ils ont reçu des menaces de mort. Ils m'en tiennent pour responsable.

- Vous leur donnez de mauvaises idées. Nous voulons bien vous vendre encore notre coton, mais nos femmes ne doivent plus travailler pour vous. Il en va de leur vie et de la nôtre.

Je crois bien faire en leur soufflant l'idée de mettre en place une milice.

- Madame Youssouffa, vous êtes sérieuse ? Il y a péril. Que vont devenir nos enfants ? Et nous, qu'allons-nous devenir ? Ils ont juré de violer nos femmes et de nous égorger.

- Nous allons trouver une solution, j'ai besoin de m'entretenir avec le chef et la doyenne.

Nous nous enfermons dans une petite épicerie. J'écoute les plaintes des deux camps. Je réponds que je juge leurs arguments recevables.

Je sais qu'une solution existe. Je m'adresse à la représentante des femmes :

- Qu'en pensez-vous ?

- Nous, nous refusons de céder. Que nous tissions ou que nous arrêtions, nous savons qu'un jour, ils finiront par nous tuer. Alors, tissons !

Cette réponse est suivie d'effet. Le courage de cette maman provoque chez son homologue masculin un renoncement.

- Après tout, elle n'a pas tort. Fions-nous à Dieu !

La situation du pays nous pousse à la vigilance. Ma tête ne va pas tarder à être mise à prix par des individus venus de nulle part qui prêchent avec sauvagerie une idéologie qui n'a rien à voir avec la religion de nos pères. Ils en ont après ce que je représente.

23

- Maman, Krim va venir chez nous.

- Et pourquoi donc ?

- Officiellement, il veut me voir. Officieusement, c'est elle qui l'envoie. Est-il possible de le recevoir chez nous ?

- Non.

Ma mère me propose alors :

- On n'a qu'à faire croire que tu l'as épousé en France. Il dormira dans la même chambre que moi. Je veillerai sur lui, ne t'inquiète pas pour moi !

Krim et Joséphine ont menacé de vendre leurs parts de Bogolan Inc. à des inconnus si je n'accepte pas de recevoir mon ex-petit ami. Incongruité de leur manœuvre. Il peut bien venir si cela lui chante. Je sais que les merceries de ma rivale ne lui rapportent plus d'argent et qu'elle en a fermé deux sur quatre. Elle a encore besoin de Bogolan Inc. Je n'ai toujours pas trouvé la solution idoine pour la neutraliser. Je gagne du temps en hébergeant Krim. Je contourne leur chantage. Il ne s'éternise pas. Aussitôt arrivé, aussitôt parti. Il ne supporte certainement pas d'être éloigné d'elle et de Paris. Le lendemain de la cérémonie qui m'intronise cheffe, il disparaît. Je ne renonce pas. Je suis déterminée à défendre nos intérêts, les miens et ceux de celles qui ont œuvré, le dos voûté, sur leur métier à tisser.

Quelques jours à peine après la visite de Krim, les mails de nos clients m'avisent d'une situation étrange, les commandes ne sont plus honorées, la marchandise n'est plus envoyée. Je tente d'obtenir des explications, je n'en ai pas. Je n'arrive plus à les joindre. J'ai sous-évalué les ressources de mes associés, celles de Joséphine en particulier. Elle est plus riche que ce que je pensais. Prince me souffle alors une alternative à la liquidation de Bogolan Inc. :

- J'ai parlé de ton problème à un ami économiste qui travaille pour le FMI. Il ne voit qu'une solution, qui peut t'arranger : les tisseuses doivent racheter toutes vos parts. Elles pourront ainsi participer aux décisions de l'entreprise plus activement, un genre de coopérative ouvrière !

Je le prie de jouer les médiateurs. Malgré ses facilités oratoires et son éloquence, il me relate des discussions tendues. Il leur faut se concerter plusieurs fois. Elle est tenace, Krim aussi. Prince me restitue jusqu'au moindre de leurs échanges :

- Joséphine, si la presse apprend que tu as sciemment anéanti Bogolan Inc., tu perdras de ton prestige à Paris.

- Je le sais, mais si nous vendons, elle aussi doit vendre. Je veux qu'elle signe d'abord.

- Ce sera fait.

Quand Bogolan Inc. appartient aux tisseuses, je me sens libre. Je peux enfin mener la vie que je souhaite. Les liens qui m'unissaient à Joséphine et Krim sont définitivement rompus.

***

Chère toi, je viens de prendre mes billets, j'arrive dans deux jours !

Je l'annonce à ma mère.

- Tu ne peux pas le recevoir chez nous, au village, tu dois tenir ton rang. Deux hommes en si peu de temps, ton image de cheffe risque d'être égratignée par les médisances. En revanche, à Bamako, avec un peu de discrétion, personne ne trouvera rien à y redire.

Je me prépare à une rencontre porteuse de beaux espoirs. Mon corps s'imagine déjà nos caresses. Je suis impatiente. Excitée. Heureuse. Le temps semble s'écouler lentement. Je suis pressée de revoir Prince. Le jour de sa venue, je reçois ce courrier :

« Je sais que vous allez vous rencontrer à Bamako. Il ne m'a jamais appartenu, il aime trop les femmes. Il adore plaire, il les veut toutes dans son lit. Quand je traînais avec lui, il sortait avec au moins dix femmes en même temps. Il a toujours placé sa musique avant tout le reste. Il ne t'aime pas. Tu es celle du moment. Après toi en viendra une autre. Il a retrouvé en toi un peu d'*Espérance*. Tu ne seras jamais heureuse avec lui ! Ne te fais pas trop d'illusions, c'est *Espérance* qu'il aime et pas toi. »

Joséphine n'en a donc pas fini avec moi. Elle pense encore me tenir. Elle use des fourberies qui lui semblent les plus efficaces, la peur et la toute-puissance. Elle entend m'effrayer. Paradoxalement, elle m'encourage.

Je rencontre Prince au *Radisson Blu*. Il est entouré de ses musiciens.

- La plus belle ! Les gars, désolé, je vous laisse ! On se rejoint au Centre culturel français.

Il me passe autour du cou un badge VIP et pose ses lèvres sur les miennes. Nos premiers contacts sont plus intenses que ceux que j'ai vécus dans mon imaginaire. Il fredonne :

Au bal de Bamako

Je t'ai dans la peau

Comme un vertige sur la ville

Moi l'homme hibou blanc imbécile

Dans un boubou pas très agile

Plutôt fragile

Nous quittons l'hôtel et faisons un crochet par mon bureau. Il y a lui et moi. Nous évoluons dans une bulle opaque, celle de nos étreintes, de nos regards gourmands. Nous sommes deux adolescents, collés l'un à l'autre, dans une attraction qui nous dépasse. Nous nous épluchons dans une ferveur minutieuse. Nous nous découvrons dans une nudité aimantée. Je ne suis plus que lui. Il n'est plus que moi.

Tout à coup, des bruits de rafales d'armes à feu nous parviennent comme pour nous rappeler à la réalité du monde. Nos silhouettes se détachent.

Je me rhabille dans la précipitation, lui également. J'ouvre la fenêtre, il se passe quelque chose à proximité du *Radisson Blu*.

- Je dois y retourner !

Je tente de l'en empêcher.

- Il faut que j'aille voir ce qui se passe.

- Non, surtout pas !

- Mes musiciens y sont tous !

J'allume la radio.

Une prise d'otages a lieu actuellement à l'hôtel Radisson Blu. D'après nos informations, les assaillants ont déjà tué plusieurs personnes.

24

Nous apprenons à l'instant que des terroristes se sont introduits dans le village des tisseuses. L'armée s'y dirige.

À mon tour, je me mets à hurler. Je suis complètement hystérique. J'ai la tête qui tourne et une douleur affreuse envahit tout mon corps.

- Je dois y aller !

- Non, tu ne bougeras pas, c'est trop dangereux !

- C'est mon village ! Ma famille… les miens.

Je pleure, je crie, je ne tiens plus debout.

- Nous ne pouvons rien faire.

Assise par terre, adossée contre un mur, je tente de joindre ma mère au téléphone. Elle ne répond pas, les tisseuses non plus.

- Je dois y aller !

Je me relève. Il m'attire à lui.

- Hors de question !

Ma vue est trouble.

- C'est à cause de moi si le village est attaqué !

J'ai envie de mourir.

- Non ! C'est à cause de leur folie.

Je crie :

- Quand notre continent se débarrassera-t-il de ses tragédies ? Quand ?

- Je ne sais pas, mais je suis persuadé qu'un jour l'Afrique s'en sortira. J'ai espoir, quand tous ceux qui ont pillé notre continent pour s'enrichir mourront, une ère nouvelle viendra. Je suis sûr que ça arrivera bientôt.

Je n'entends pas ce qu'il me dit.

- Toujours les mêmes horreurs, les mêmes larmes.

Des témoignages font état de vraies scènes d'horreur !

Mon corps est saisi de secousses. Je me lance dans une litanie :

- Il y a les tisseuses, il y a les écolières, les collégiennes, les rires, il y a le regard de ma mère, son sourire, il y a les champs de coton, il y a la vie, il y a les chants d'amour, les refrains d'espoir, il y a les danses, les fêtes et les mariages, il y a la maison de ma mère, il y a la tombe de mon père, il y a tous ces enfants que je n'aurai jamais mis au monde, il y a tous ces pleurs et ces chagrins, il y a l'horreur, il y a le chaos.

- Ne bouge pas, je vais te chercher de l'eau.

Il se déplace sans me quitter des yeux. Il me surveille. Je suis une gazelle blessée qui court sur des pattes fébriles.

- Espérance ! Espérance !

Il essaie de me retenir :

- Je m'appelle Aïssé, tu m'entends !

- OK, Aïssé. Regarde, les gens fuient. Je te promets, demain matin, aux aurores, je t'accompagnerai au village. Regarde-moi, je t'ai écoutée, je ne suis pas allé à l'hôtel !

Il n'y a aucune survivante dans le village des tisseuses. Les hommes ont été épargnés, mais personne ne sait où se trouve Aïssé Youssouffa. A-t-elle été enlevée en vue d'une rançon ? Dans l'attaque du Radisson Blu, on dénombre vingt-deux morts. »

À la première lueur du soleil, nous retournons à l'hôtel. Des militaires encerclent les lieux. Mon corps ne m'appartient plus. Je suis un zombie.

- Je m'appelle Daddy Cool, je suis chanteur et mes musiciens sont à l'intérieur.

- Attendez ici, je vais me renseigner.

Pendant de longues minutes, Prince tient ma main sans la desserrer de peur que je fuie.

- Les musiciens sont indemnes ! Ils sont à l'ambassade de France.

Un militaire propose de nous y conduire.

Je réussis à murmurer.

- Je veux aller au village…

Prince ne me lâche toujours pas la main. À notre arrivée devant l'édifice rectangulaire orné du drapeau français, on vient à nous.

- Nous sommes sincèrement désolés. Toutes nos condoléances. L'urgence maintenant est de vous rapatrier en France. Les musiciens sont là !

- Je veux rester ici ! Je dois retourner au village !

- Tu vois, ma chérie, le mieux est d'écouter M. l'ambassadeur. On pourra revenir quand les choses se seront apaisées.

De quoi me parle-t-il ? C'est la fin du monde et Prince ose faire allusion à la paix. Je suis déchiquetée de l'intérieur, morcelée, et on évoque mon départ comme s'il ne me concernait pas.

- Aïssé, ma chérie, je sais ce que tu ressens, là, maintenant. Mais tu n'as pas le droit de leur faire plaisir. Tu n'as pas le droit de leur donner une chance de t'anéantir davantage. Je t'accompagne. Je suis avec toi. Pense à tous ceux que tu as aimés. Je suis sûr qu'ils t'auraient convaincue de partir. Je te le promets, on reviendra.

Je l'écoute à moitié, mes oreilles sont devenues sourdes. Mes yeux sont si enflés que je ne vois presque rien.

Troisième partie

L'oiseau que tu croyais surprendre
Battit de l'aile et s'envola
L'amour est loin, tu peux l'attendre
Tu ne l'attends plus, il est là
Tout autour de toi, vite, vite
Il vient, s'en va, puis il revient
Tu crois le tenir, il t'évite
Tu crois l'éviter, il te tient.

Carmen, Georges Bizet, extrait.

25

Existe-t-il des couples plus parfaits que les autres ? Faut-il un calibrage particulier pour s'aimer ? J'ai vingt ans de plus que lui. En amour, l'âge n'est pas un critère. Dans notre cas, c'est ce qui a rendu notre relation plus forte. L'amour, le vrai, est anticonformiste. Il unit des individus dans ce qui les oppose. Et puis, nous habitons à Paris, toutes les excentricités sont permises.

Depuis son retour, plus aucune ambiguïté. Il ne l'évoque plus. Elle ne l'habite plus. Il n'y en a que pour nous. Je suis curieuse de lui. Je veux qu'à son tour, il se raconte. Il m'intrigue.

- Je n'ai plus de famille, arrête avec cette question !

- Tu dois bien en avoir une comme tout le monde !

Je l'aime au-delà de ce que je connais. Je l'aime pour sa douceur, ses caresses, son habitude à lui de piquer dans mon assiette, sa soif d'apprendre. Je l'aime pour sa bienveillance, ses mots doux. Dans cet amour, une partie de moi s'efface, comme s'il me guidait vers une meilleure version de moi-même. Je sens une variation en profondeur, une métamorphose délicate de mon être. Je perds en exubérance, je fais moins de bruit. Me faire remarquer ne m'est plus nécessaire. Je lui pose moins de questions. Je le prends tel qu'il m'est venu : une pierre déjà polie dont on admire la beauté et dont la provenance nous importe peu. Quand je cesse de l'ennuyer avec ses origines, il parle :

- J'ai perdu maman alors que je n'avais pas encore six ans. Elle a fui l'Algérie. Elle était journaliste, mère célibataire et refusait de porter des tenues dites décentes. Les intégristes considéraient que cela faisait assez de charges contre elle. Un arrêt de mort circulait à Alger. Elle ne pouvait plus faire confiance à personne, on est partis. On a atterri à Paris. Elle a refait sa vie. Je l'aimais bien, mon beau-père, jusqu'au jour où il s'est mis à la battre, elle en est morte. Le reste, je te laisse imaginer : placements en familles d'accueil… J'en ai fait quelques-unes, j'ai toujours réussi à me faire apprécier. J'ai appris à être discret. Je n'aime pas me raconter.

Savoir pour son père m'est égal. Je ne l'interroge plus.

Nous vivons un temps comme des ermites. Lui et moi. Nous n'avons pas besoin de qui que ce soit. Nous nous suffisons à nous-mêmes. Moi, je suis pleinement satisfaite, mais lui, il commence à tourner en rond. Je lui propose de gérer les merceries ou de se lancer dans le business, il refuse. Il souhaite reprendre ses études, je suis réticente.

- À ton âge, tu vas te retrouver avec des gamins.

- J'ai toujours regretté de ne pas avoir fait une école de commerce.

- À quoi bon ? Tu as tout ce qu'il te faut.

Je ne parviens pas à le convaincre. Il s'inscrit malgré moi. Il m'échappe un peu, il est souvent absent. Je l'accueille chaque fois avec des reproches.

- Ma chérie, renoue avec tes anciennes connaissances. Tiens, avec ton ami Jean-Claude, par exemple.

À mon âge, je ne sais que trop bien que l'arme la plus puissante pour garder un homme, c'est la patience. Pourtant, je deviens méfiante. J'oscille entre la joie de le retrouver le soir et mes doutes. Je suis de plus en plus jalouse. Je ne comprends pas son obstination de la réussite. J'ai assez d'argent pour qu'il puisse vivre convenablement. J'analyse chacune de ses expressions corporelles lorsqu'il fait allusion à ses camarades féminines. Je lis ses messages. Je cherche dans ses intonations celle qui lui plaît, je cherche la rivale. Quand il arrive tard, je lui fais des scènes, une vraie névrosée.

- Comment s'appelle-t-elle ?

Il trouve la parade et m'apaise avec humour.

- Celle d'hier, Mme Pompidou et celle d'aujourd'hui, sainte Geneviève.

Je me calme sur le coup, ses gestes sont toujours aussi affectueux, puis l'obsession de la tromperie se fait sentir. Je finis par agir. Je tente de masquer les années. Je cède d'abord à l'acide hyaluronique et peu à peu à la chirurgie esthétique. Je fais disparaître de-ci, de-là quelques rides. Il ne s'en aperçoit pas. Il s'éclipse de plus en plus. Mes journées sont longues. Je me vautre dans le voyeurisme virtuel, je traque Espérance et Prince sur les réseaux sociaux. Elle ne poste rien. Daddy Cool est plus ostensible. Je le vois déjeuner près de chez moi, en tournée dans le Sud, sur un plateau de télévision... Il l'ignore, mais je n'ai pas complètement tourné cette page.

Je rumine. Les absences de Krim me tourmentent davantage depuis qu'il est le meilleur de sa promotion. Je suis sûre qu'on va essayer de lui mettre le grappin dessus. Je suis une femme qui attend dans la préoccupation permanente. Je suis une femme qui l'espère dans la frayeur et l'anxiété. Je l'exaspère.

- Je ne vais pas tenir !

Je régule tant bien que mal mes humeurs. Je vais le perdre si je persiste à l'oppresser. Je dois m'occuper. Les boutiques, je n'en ai plus envie. Je m'évertue à dénicher une affaire, je repense au gâchis de Bogolan Inc. Je me lance dans ce qui me tient le plus à cœur : l'appartement. Tout doit changer. Je me persuade qu'une nouvelle perspective, un nouveau projet peuvent m'aider à sortir de cette expectative quotidienne. J'y vois une promesse de renouveau, j'engage une architecte d'intérieur.

26

Quand l'architecte se présente à moi, elle déchiffre mes moindres besoins, pénètre mes envies.

- On va donner un coup de jeune à tout cela. Vous avez une bonne base. On va mettre du vert pistache, du gris anthracite, de la lumière, beaucoup de lumière et moins de meubles pour libérer l'espace.

- Je peux tout de même garder cette commode ? Elle appartenait à mon grand-père.

- Il faut toujours garder une petite touche d'authenticité.

- Votre réponse me ravit.

Je ne le vois presque plus, mais je l'attends de moins en moins. Je remplis son vide avec des tentures, des achats, des verbiages avec les prestataires. Je ne m'ennuie plus de lui. Je ne lui fais plus aucune remarque. Je prends sur moi quand il m'annonce qu'il doit effectuer un stage à l'étranger. Un engrenage pourtant s'enclenche. Mes hallucinations de tromperies reprennent le dessus. J'appelle l'école en prétendant être une maman dont l'enfant a parlé d'un stage. On me répond qu'en effet, tous les étudiants doivent le faire pour valider leur année. Je ne veux pas le lâcher. Je ne veux pas qu'il s'éloigne. Je lui propose de l'accompagner.

- Et les travaux, tu ne peux pas tout laisser et me suivre !

Il pointe mon immaturité. Je rebondis, je ne dois pas dévoiler une fois encore mes incertitudes, ma défiance.

- Tu as raison.

Je passe mon temps en rendez-vous. On me conseille. On me montre des échantillons. On prend des mesures. On arrache. On déplace. Les longs couloirs de l'appartement sont encombrés. On achète de nouveaux rideaux. On installe. On perce. On peint. Je ne suis pas avancée, j'ai toujours cette angoisse qu'il m'échappe. Cependant, la veille de son départ, je retrouve notre complicité. Il tient à ce que nos au revoir soient mémorables. Ils le seront. Nous nous aimons sans retenue au milieu des cartons, de la tapisserie et de la moquette à moitié arrachée. Nous nous fondons l'un dans l'autre. Je regagne en confiance. Un homme qui vous donne autant de plaisir ne peut être qu'un homme qui vous aime. Je ne suis plus inquiète.

- Dès que j'arrive, je t'appelle. Hâte de voir le résultat de tout ce bordel.

Je nous projette déjà à son retour.

- Va vite, tu vas être en retard.

Un dernier baiser. Je referme la porte. Je jette un coup d'œil sur le compte Instagram d'Espérance. Rien. Celui de Prince. Une vieille photo qu'ils ont dû prendre à mon insu, sur le pont Mirabeau. Ils s'embrassent. Ils sont, il me faut l'avouer, beaux.

Je suis heureux de vous annoncer mes épousailles futures avec la femme la plus formidable du monde @aisseyoussouffa# jetaime

J'ai le cœur en bataille. Je suis envieuse. Prince m'avait confié que jamais il ne se marierait. Si l'amour existe, c'est parce que c'est une vaste alchimie et non un contrat. Ils sont resplendissants. Ils me foudroient. Amour brut qui me poignarde. Réaction primaire, je poste un cliché de Krim et moi.

27

Il me raconte ses rencontres, ses doutes et ses victoires. Il apprend à gérer un hôtel pour un grand groupe. Séville lui plaît. Il m'envoie des photos. Je suis apaisée. Il ne cesse de penser à moi. L'appartement est méconnaissable. Je m'y sens bien. Je m'intéresse à nouveau à mes merceries. La vie rebondit. Je reprends mon café dans le petit bistrot du coin. Je recontacte mes connaissances, les nuits parisiennes me manquaient. Je recroise Jean-Claude, il me propose de « baiser ». Il est cash. Je l'arrête net en lui montrant cette bague que je me suis offerte et que je porte comme une alliance factice : « Tu as encore le droit de t'amuser ? ». « J'ai surtout besoin de m'enivrer de Paris ! » Il exauce mon souhait. Je mange à toutes les bonnes tables. Je suis là où le cœur de Paris fait la fête. Je suis là où les limites ne sont pas autorisées. Je n'attends plus passivement mon amoureux. Je poste énormément sur les réseaux sociaux. Je prouve que j'existe.

Krim se moque de moi. Il dit que j'en fais trop. Si jamais il n'arrive pas à me joindre, il entre dans des colères insensées. Je le rassure : « Ils sont tous beaucoup trop vieux ». Prince et Espérance ont disparu de mon existence virtuelle. J'exhibe mon quotidien, mes repas, mes potes, mes sorties en péniche, mes tenues. Je deviens une des quinquas les plus suivies. Je me réjouis de cette nouvelle notoriété. Il me le reproche, commence à s'agacer. Krim m'use. Quelque chose se disloque, mais nous n'en sommes pas à la fin. Je l'aime.

Il instaure un compte à rebours, une poignée de jours nous sépare de son retour. Je reçois de plus en plus de messages d'impatience. Je refuse de céder. Je revis et j'ai l'impression qu'il tente de m'enfermer à distance. J'invite Jean-Claude à dîner à la maison avec quelques connaissances, soirée *Mille et une nuits*. Nous sommes tous habillés comme des Orientaux. Nous buvons beaucoup. Des joints tournent, un peu de cocaïne également. J'accepte moi aussi de m'évader. Le lycée, la jeunesse, l'euphorie. Nous rions à gorge déployée. Blagues grivoises et salaces. Nous improvisons un *Action ou vérité*. C'est mon tour.

- Est-ce que tu es cap de te mettre à poil ?

J'ai le goût de la gagne. Je me déshabille. Je m'esclaffe. Je joue avec mes seins. Je m'amuse. Je suis légère dans ma nudité.

- Eh ben, c'est du joli !

Je reconnais la voix. Sa voix. Je ne sais plus où est ce caftan avec lequel je m'étais travestie. Je ne sais plus où est ma culotte. Je ne sais plus où je suis. Il sort en courant. Je ne parviens pas à le rattraper. La partie est finie. J'écume les heures à des appels auxquels il ne répond pas. Ma tête va exploser. La descente certainement. Mes oreilles n'en peuvent plus d'écouter son répondeur. Je déverse des excuses sur toutes ses messageries. Nuit blanche, pensées sombres. À 9 heures, quand je lui téléphone pour la centième fois, on m'indique que son numéro n'est plus attribué.

Je me rends à son école de commerce. Je suis sûre de l'y trouver. Le directeur m'explique que Krim est encore à Séville et s'enquiert de savoir si je suis sa mère.

Je suis consciente de l'avoir perdu. Quand vous perdez quelqu'un à Paris, il est impossible de le retrouver. La capitale est petite comme un village pour les gens du même milieu, elle s'avère immense pour celles et ceux qui se cherchent. Paris, la meilleure des cachettes pour qui entend disparaître. Jean-Claude me console.

- Si à son âge il n'a pas un peu d'humour, c'est un goujat !

Je marche dans la ville. Quand je rentre chez moi, tout est propre, la femme de ménage est passée, elle a tout nettoyé. Il ne reste aucune trace de ma débâcle. Impossible de croire qu'hier, j'ai perdu à *Action ou vérité*.

***

Je l'attends entre deux gueuletons. J'ai besoin de me gaver de nourriture. Je me noierais bien dans l'alcool, mais ce n'est pas mon truc. Ma préférence à moi va à ce que j'avale, broie et vomis. Je l'attends sans sobriété. Je remplis mon désespoir. Je suis un monstre gourmand. J'ai de sacrées aigreurs d'estomac à force de régurgiter. J'ai le ventre repu. À l'intérieur de moi, c'est la frénésie. Je me farcis à la faveur du destin. Mes journées passent sur le même rythme, les livreurs se succèdent. Je ne sors que pour garnir mon caddie. Les placards sont souvent vides. Les emballages traînent. Des monticules par-ci, par-là. L'appartement se transforme en taudis. Je soutiens mon cœur en satisfaisant une faim qui n'existe pas. Je l'attends.

Au bout de son troisième passage, la femme de ménage, avec qui je n'ai aucune affinité, ose me réprimander. Elle, je l'ai gardée parce qu'elle n'a jamais relevé une seule de mes remarques. Elle n'a jamais rien objecté et pourtant, je suis une employeuse qui n'a pas sa langue dans sa poche.

- Madame, vous ne pouvez pas vous détruire. Il faut arrêter ce manège ! Moi, quand mon mari m'a quittée, j'ai pris le parti de me dire qu'il n'en valait pas la peine. Aucun homme ne mérite qu'on se mette dans un tel état ! Non, aucun ! Ma mère dit toujours : « Les hommes, c'est comme les chiens, ils ont beaucoup de mal à gérer leur queue, elle les démange ». Vous n'avez personne à Paris ? Il est où, votre téléphone ?

Elle le cherche. Il lui semble vital de mettre la main sur cet objet. Il lui semble urgent de me reconnecter aux autres. Je n'ai pas la force de m'y opposer. Elle le retrouve difficilement, je l'avais oublié dans un carton de pizza.

- Heureusement que vous ne l'avez pas jeté ! Ça arrive facilement, ces choses-là. On ne fait pas attention et hop, à la poubelle !

Elle le met en charge.

- C'est quoi, votre code pin ?

- Je ne sais plus…

- Essayons quatre fois zéro.

Musique qui grince. Notifications qui hurlent.

- On va écouter vos messages.

Elle se sent impliquée, comme si mon histoire était la sienne. Il n'y a plus de distance entre elle et moi. Jean-Claude s'inquiète. Il a laissé de nombreux messages, il est passé plusieurs fois. S'il croit que j'ai l'intention de lui ouvrir ! Je le tiens pour responsable. L'idée de la soirée, c'était la sienne. Elle me rend mon Smartphone.

- Vous voyez, il y a toujours quelqu'un qui pense à nous.

J'ouvre Instagram, ma session n'a pas été fermée.

- Je ne sais pas où j'ai mis mes lunettes. Vous pouvez me lire ce message ?

Je suis sûr maintenant que tu es capable de tout. Tu te fous de tout. Tu ne penses qu'à toi. Une vraie égoïste à la limite de la folie. Quand tu liras ce message, je t'aurai déjà bloquée. Tu n'existes plus nulle part pour moi. Espérance était belle et vraie. Tu m'as corrompu. Je regrette tout ce que nous avons partagé.

Elle s'arrête.

- C'est tout ?

- Oui, madame.

- Vous savez, il a raison. Ils ne me connaissaient pas. Je peux faire mal, très mal, et je leur ai porté préjudice.

Elle tente de formuler les mots justes pour me ragaillardir.

- Moi, je l'ai vu, votre manège à tous les trois. Je ne suis que femme de ménage, mais je comprends tout. J'ai été élevée à l'école de la vie. Cette dame, si elle l'avait aimé tant que ça, elle ne l'aurait pas laissé dans vos pattes. Ma mère dit toujours : « Un homme, quand son cœur brûle pour vous, il ne brûle pour aucune autre ». Lui, il vous aimait. Sortez, vivez et croyez-en mon expérience, il reviendra.

28

J'ai mon jardin secret, un endroit que personne ne connaît. Quand Espérance vivait chez moi, il m'arrivait de m'y échapper. La maison de mes grands-parents à Vence, c'est mon refuge quand j'ai besoin de calme. C'est l'endroit où je m'exile quand je n'en peux plus de Paris. J'y puise des forces. Elle est habitée par Nadia. Son père, avant elle, l'entretenait. Elle y vit en attendant que je meure, elle est très attachée à cette bâtisse du XIXe siècle. Je la lui ai octroyée, d'une certaine manière.

- Je t'ai préparé une salade niçoise comme tu les aimes.

Six ans, c'est mon cycle. J'en suis à mon neuvième. Nadia a vidé les placards de la moindre cochonnerie. Pas de sucre, pas de gras.

- Tu vas reprendre une alimentation saine ! Je sais bien que la maison me reviendra quand tu mourras, mais on n'est pas pressés. Je t'ai pris rendez-vous avec ma psy. Tu verras, Mme Makhlouf est au top !

En effet, dès ma première séance, je sonde ce que j'ai de plus rance en moi. Je parle à bâtons rompus de Krim, d'Espérance et de Prince. Ils sont tous intimement liés à mes démons. J'expulse. Je liquide mes pensées, mon chagrin. Je déborde de sentiments contradictoires. Je me confesse, j'avoue mes stratagèmes, mes coups bas. Allongée sur ce divan, je suis dans la meilleure position pour me confronter à ce que j'abrite.

- Ce qui est fait est fait. Il ne faut pas vous flageller pour autant. On va orienter notre travail sur le pardon.

Commençons par-là, pardonnez-vous à vous en premier lieu.

Rendez-vous est pris pour une autre analyse. Nadia organise mon séjour. Elle ne laisse pas de place à mes tergiversations. Elle m'entraîne à Antibes.

- On va faire nos starlettes sur la plage.

Elle le dit avec l'accent.

Elle et moi, main dans la main, recevons des rafales d'air iodé. Il me revigore. Nous nous approchons de l'eau, elle m'éclabousse. Je suis une enfant. J'ai envie de poster mon bien-être. J'hésite, puis, finalement, cela me démange trop. Je filme nos pieds que les vagues couvrent et découvrent. Cela fait vraiment longtemps que je n'ai pas profité d'un plaisir aussi simple.

- Tu ne trouves pas qu'on a de drôles de pieds ?

Le bonheur correspond à cet instant. Il n'y a rien de faux ici.

- Je suis sûre qu'avec toi, je vais vite être sur pied.

- Ne sois pas pressée, prends ton temps.

Je me supporte de plus en plus. J'éloigne ma propre tyrannie.

Lorsque nous rentrons, j'allume la radio.

L'avion de Daddy Cool et d'Aïssé Youssouffa vient à peine de se poser au Bourget. La femme d'affaires africaine a échappé à une horrible attaque. Toutes les femmes de son village ont été massacrées. Quant au chanteur, il figure parmi les rescapés d'un terrible attentat qui a eu lieu à l'hôtel Radisson Blu.

Je pense alors à Assitan, que je n'ai jamais vue. Je pense à elle comme à quelqu'un qui m'était très proche. Sa fille en parlait continuellement. Je pense à toutes ces tisseuses envers lesquelles je n'ai guère eu de considération. Je hurle :

- C'est ma faute !

- Tu n'y es pour rien, c'est la faute aux fous. Regarde ce qu'ils ont fait dans le pays de mon père pendant les années noires. Je t'ai déjà raconté les cousines violées, les journalistes, les professeurs et tous ces intellectuels égorgés. Tu n'y es pour rien, ils sont monstrueux, une abjection de l'humanité.

29

J'écris quelques mots sur mon compte Instagram pour illustrer la photo, qui ne m'appartient pas et que je me suis appropriée, d'une Afrique qui pleure. Photo que nous sommes des milliers à relayer pour dénoncer l'abomination. Cette image déferle dans un ressac de consternation. Notre désarroi virtuel qui se propage, les monstres doivent s'en délecter. Ils inondent nos vies et notre monde *2.0* de leur barbarie. Je le sais, mais je n'y coupe pas. Je le sais et je ne peux m'en empêcher. Moi, il m'est nécessaire de dire à Prince et à Espérance que je les soutiens. Je ne m'attends pas à une manifestation de leur part. Je crois au miracle, mes pensées sincères vont parvenir jusqu'à elle.

Aïssé Youssouffa est une grande dame. Un exemple pour nous toutes. Je suis heureuse qu'elle soit en vie. J'ai une pensée émue pour sa mère et les tisseuses. Elles sont aussi un exemple pour nous toutes.

Ma publication m'échappe. Elle est partagée des dizaines de fois. Contagion de la douleur. Prince ne réagit pas, Espérance non plus. Je range mon Smartphone dans ma poche. Il se met aussitôt à sonner.

- Je viens de te lire.

Des semaines sans recevoir la moindre nouvelle. Se rétablir, se consoler, tenter de cicatriser. L'amour, quand il ne fonctionne plus, est semblable à une affection grave. On s'en relève difficilement. Je raccroche spontanément. Je coupe court. Un réflexe. Le cerveau qui protège le cœur. Le cerveau qui est conscient. Le cœur qui agit comme un malade qui s'ignore. Le cœur amnésique. Je refais le numéro.

- Désolée, je ne t'entendais plus.

- Si, tu m'entendais bien. C'est ma faute, je viens de te lire et tu m'as ému.

- Je te jure, on jouait à *Action ou vérité.*

Déjà, j'en profite pour me justifier. J'essaie de tirer à mon avantage une émotion, une justice qui vient de m'être rendue. Un élan, celui de ma rédemption. Je sens que je le veux à nouveau. J'entends profiter de cet appel.

- Je te crois.

Il n'exprime pas le besoin de me demander si je me porte bien. Il l'a certainement sondé dans mes publications. Il ne m'interroge pas. Apparemment, il est déjà au courant. Il ne me questionne pas sur l'essentiel. Il brode autour du dérisoire. Moi, ça me refroidit. Il naviguait sous un pseudonyme. Il suivait certainement de manière secrète mes constellations de vies. Je les figeais pour en mettre plein la vue aux autres, à lui. Ma cible, on en a toujours une ou plusieurs dans notre monde virtuel, c'était uniquement lui. Je n'ai jamais répondu à un seul de mes admirateurs, alors qu'ils sont nombreux, car c'était lui que je visais. Dans mes selfies à la lumière tamisée, dans mon regard déterminé, je tentais de le séduire. Un jour, j'ai arrêté les mises en scène par résignation.

Nous conversons longuement. Il est bavard, il se dévoile, lui qui a si souvent été laconique. Il a changé. Il s'affirme enfin. Auparavant, il se cachait derrière elle, derrière moi. Je prenais trop de place pour le laisser en placer une. Il évoque ses cours, son avenir. Je n'y figure pas. Il envisage d'aller travailler à l'étranger, peut-être aux États-Unis. Son rêve, je n'ai jamais su ce que c'était. Il va effectuer son dernier stage d'études à New York, il espère que cela va déboucher sur une embauche. Et moi ?

- Tu sais que j'ai beaucoup de mal avec les autres femmes. Je n'arrive pas à aimer. Ce n'est pas comme avec toi.

Combien de femmes a-t-il ? Il demeure évasif. Il a troqué une part de ce que nous étions. Il se reprend et contourne sa confession. Il narre nos ébats. Il souhaite encore m'aimer dans les silences de nos corps. Nous ne nous sommes jamais exprimés autrement. Je ne suis plus apte à prendre le temps de déchiffrer ses émois. Cet appel, je l'ai attendu. Cet appel, je m'y étais préparée. Pourtant, cet appel, je l'abrège.

- Je dois y aller. J'ai été contente de te parler. Je te souhaite une bonne continuation.

Je me suis libérée, non pas de lui, mais de moi. Quand on quitte véritablement quelqu'un qu'on aime sans s'être emparé de ce qui est impénétrable en lui, on se réapproprie soi-même.

Il a été plus intelligent que nous deux. Elle et lui ne s'aimaient plus, ils étaient seulement liés par commodité. Jamais ils ne s'embrassaient ou ne se comportaient l'un envers l'autre avec tendresse. Il m'a fallu en parler avec ma psy pour que j'arrive finalement à me disculper. J'ai réinvesti l'épisode de la salle de bains avec beaucoup de bravoure, il n'y était pas entré par hasard. Il savait que je m'y trouvais. Il le savait et il m'y cherchait. Il me plaisait parce qu'il était jeune et beau. Il me plaisait parce qu'il était différent. Il me plaisait et il le savait.

Quatrième partie

« La tristesse n'est rien d'autre qu'un mur qui s'élève entre deux jardins ».

Khalil Gibran

30

Quand la haine côtoie le chagrin, on implose de l'intérieur. Un trop-plein de rage qui n'a d'écho que dans la douleur. Une colère qu'on ressent et qu'il nous est impossible d'exprimer autrement que par des sanglots qui sont incapables de hurler. Je redoute la nuit. Elle devient inquiétante. L'obscurité m'effraie. J'ai envie de retenir le soleil, retenir ses lueurs. Des angoisses nocturnes où l'imaginaire plante le décor de silhouettes macabres qui dansent avec moi. Les barbares, je les crois cachés derrière les armoires. Je n'arrive plus à faire front. Pour dormir, j'ai besoin de somnifères. Prince est spectateur. Il tente de me consoler avec son propre vécu. Je compare nos souffrances. La mienne est plus récente. Aujourd'hui, elle me donne plus le droit à moi qu'à lui d'être éprouvée. Il cherche les mots pour me faire rire, use de gestes tendres pour me rassurer, mais rien n'y fait.

Chaque jour, une phobie nouvelle s'installe : la peur des couteaux, la peur de tous les hommes avec une barbe, la peur de l'extérieur, la peur de la vie. Je me laisse glisser ailleurs, dans un monde qui me relie à mes lionnes. J'ai refusé de voir les vidéos qui ont circulé, de la décapitation de ma mère et des tisseuses. Je n'ai pas vu les images. Or, j'entends la froidure des lames déchiqueter la chaleur de leur chair. Je vois les mares de sang qui s'étalent et les yeux qui s'interrogent : « Comment puis-je finir mon existence ainsi ? Pourquoi ma mort ressemble-t-elle à cette sauvagerie ? » Je n'ai pas vu les images. Or, je n'ai aucun mal à visualiser leur fuite, leurs tentatives désespérées d'échapper à la main qui, par le geste de tranchage, va en faire des poupées sans tête. Des femmes sans beauté. Des femmes inertes. Ces images, elles habitent chaque cellule de mon être. Ces images sont inscrites comme une hérédité cruelle. Je suis légataire de la barbarie. Ma mère n'a plus de tête.

Ma peau se met à raconter. Elle est percée par endroits. Des crevasses remplies du pus de ma peine apparaissent. Des lionnes ont été égorgées. Mon corps se putréfie à l'évocation mémorielle des actes de torture. Ma mère n'a plus de tête. Le Dieu de ma mère avait pourtant envoyé à un de ses prophètes un mouton à sacrifier. Le Dieu de ma mère n'aurait jamais accepté qu'on dénature ce qu'il avait lui-même créé.

Les premiers mois de mon retour, je navigue sans cap dans un indicible univers mortifère. Je m'en veux de respirer encore. J'aurais dû subir le même sort. J'aurais dû être sectionnée. Ils ne m'ont pas morcelée. Je suis entière. Toutefois, je suis une âme vide. Paris, qui m'a toujours émerveillée, ne m'émeut plus. Je n'y suis plus à ma place. Je veux retrouver le village, je veux retrouver Bamako, je veux retourner dans une contrée qui n'existe plus, celle de mes moments de bonheur. Ici, je ne perçois que le bruit de la circulation. J'adorais le murmure des métiers à tisser, celui des doigts qui frôlaient les fils de coton.

Prince annule toutes ses tournées. Il passe son temps à écrire. C'est le meilleur moyen qu'il a imaginé pour continuer à ne pas me lâcher la main. Son appartement est le théâtre de tous mes délires. J'aimerais y être seule. Il ne le conçoit pas ainsi.

- Je ne suis pas une petite fille, va au studio.

- J'irai quand tu iras mieux.

- Je n'irai peut-être jamais mieux.

- Tu verras, la vie va t'y forcer. Je parle en connaissance de cause.

Quotidiennement, à 18 heures, il m'oblige à l'accompagner marcher une dizaine de minutes dans le jardin du Luxembourg. Je traîne des pieds. Puis, progressivement, j'y trouve un répit, une pause dans mon chagrin. La vue des autres me réjouit. Je m'invente leur histoire, leurs pensées pour oublier que je porte en moi la plus torturante des blessures, celle qui est invisible à l'œil nu. Mes croûtes s'estompent peu à peu. Les images de l'atrocité s'éloignent. Je me répare. Je me pare du sourire des lionnes. Je revisite leurs paroles, leurs attitudes. Ma mère n'aurait pas supporté que je m'effondre de la sorte, les tisseuses non plus.

31

Les mois passent, je retrouve mes marques dans la ville qui ne dort jamais. Je relance mes réseaux, je réfléchis à la manière de mettre sur pied des projets à destination des survivants de l'attaque. Grâce à une association qui regroupe beaucoup de celles et ceux qui aiment mon pays, le Club Espoir naît. Je fédère plusieurs artistes et intellectuels autour de ma cause. Nous débordons de créativité. L'appartement de Prince, j'en fais notre lieu de réunion. Il est de plus en plus souvent au studio. Je sens le parfum d'autres femmes sur lui. Il m'aime, je ferme les yeux. Les lionnes m'accompagnent ! Leur esprit m'insuffle leur énergie.

Au cours d'une de nos rencontres, mon ventre me tiraille. Il bombe, gonfle devant l'assistance médusée. Des crampes me défigurent. Lila, notre juriste que je connais depuis Bogolan Inc., me réconforte. Elle finit par m'emmener à la Pitié-Salpêtrière. J'essaie de joindre Prince. Sans succès. Lila a quitté l'Algérie pendant les années noires. Le Club Espoir, elle y a vu une occasion de défier ceux qu'elle déteste, les « sans foi ni loi de la cruauté ». C'est ainsi qu'elle les caractérise. Après pléthore de messages infructueux, je n'ai plus aucun doute sur les raisons qui font que l'homme de ma vie ne me répond pas, je lui en veux. Je contacte ses musiciens. En vain. Que je suis seule ! Pourtant, Lila ne me quitte pas. Prise de sang. Attente. Analyses. Échographie. Je ne me préoccupe pas de ce que l'on me fait, comme si ce qui m'arrivait n'avait que peu d'importance. Il n'est pas là. Dans cet hôpital, on m'amputerait sans anesthésie que je ne ressentirais rien. Je suis entièrement propulsée en lui. Il accapare mon âme. Mon corps s'alourdit. J'exècre cette éventuelle rivale qui l'empêche de venir me prendre la main. Je les imagine, sombres silhouettes. Leur simple évocation me retourne les intestins.

- Madame, vous êtes enceinte d'une petite fille. Vous allez accoucher !

Je demeure figée. Je fixe le médecin. Dans mon regard, il lit l'étonnement, une remise en cause de ses conclusions. Il garde un ton détaché.

- Je comprends votre surprise. Le déni de grossesse est de plus en plus courant.

Lila me rassure.

- C'est arrivé à une de mes cousines. C'est toujours mieux que de connaître les nausées, les jambes lourdes, les insomnies et une vessie toujours pleine. Tu es allée droit au but !

Tout s'enchaîne. Le bébé est vite expulsé. Stupeur ! La vie n'attend pas ! Elle a été plus forte que la mort. Cet être s'est niché dans l'aridité de mon tourment. Bébé éprouve des difficultés à respirer, son cœur bat difficilement. Bébé ne pleure pas. Bébé est bleu. *Mais où es-tu, Prince ?* Vu l'urgence, je ne peux pas la prendre dans mes bras, elle me manque déjà. Lila minimise le diagnostic du personnel soignant.

- Tu vas voir, elle va s'en sortir.

Je compte les mois. La petite a été conçue alors que les monstres massacraient les lionnes. Je pense à elles.

Assitan aurait été la meilleure des grands-mères. Lila est une infatigable optimiste. Elle croit en la vie.

- Comment va-t-on l'appeler ?

- Aucune idée, il faudrait déjà qu'elle s'en sorte.

- C'est pour cela qu'il faut que tu lui donnes un prénom, fais-moi confiance.

- Patience !

- Non ! Tu en ferais une attentiste. Je sais que je me mêle de ce qui ne me regarde pas, mais je suis un peu sa marraine et je défends ses droits à avoir un prénom qui soit à la hauteur de ce qu'elle sera, une grande dame !

J'ai la sensation de partir, la fatigue et le trop-plein d'émotions rendent mon articulation difficile. Impossible de maintenir mes paupières ouvertes. Parler s'avère pénible.

- A-t-elle des chances de vivre ?

- Oui ! Mais tu n'as pas une idée de prénom ?

- Assitan, comme ma mère.

- Très mauvaise idée. Un jour, tu seras en colère contre ta princesse et tu la gronderas. Voudrais-tu gronder ta mère ?

Je n'ai pas le temps de répondre à cette question saugrenue, l'épuisement m'emporte.

***

- Alors, comment on va l'appeler, cette princesse ?

- Prince, tu étais où ?

Hier, j'étais en salle de travail et me voici aujourd'hui en pyjama à l'hôpital. Cette nuit a brûlé les étapes.

- J'avais du boulot. Comme elle est belle, tout comme toi !

- Tu étais où ?

- On s'en fout !

- Non !

- J'étais au studio.

- Impossible.

- Je suis tellement troublé, j'en ai oublié le resto avec les producteurs.

Je sais déjà que je vais le quitter, mais mon bébé prime. Elle aura besoin de nous deux pour survivre. Je sors assez rapidement de la néonatalogie. Nous veillons des journées entières ce petit être qui s'accroche à la vie. Elle ressemble aux lionnes. Elle ne veut pas les rejoindre. Je n'en ai pas envie non plus. Je ne pense plus qu'à elle. Le destin est ainsi, il met sur votre route le remède au désespoir. Il faut les voir, tous ces nourrissons pas plus grands qu'une main, s'arracher au sort. Il faut les voir dans ces minuscules couveuses. Je ne me lasse pas de l'observer, d'être attentive aux moindres sursauts d'espoir. Le personnel se cramponne à la détermination de chacun de ces bourgeons d'humanité. Le monde des prématurés vous ramène à l'énergie vitale, vous renverse. Il ne laisse de place ni au découragement ni à l'abattement. C'est une ruche dynamique. Lila, c'est ainsi que j'ai prénommé mon enfant, a l'âme d'une battante. On finit par lui enlever son respirateur. Il convient de rester prudent et d'attendre que son corps décide de se vivifier sans aide. Elle réussit le test haut la main.

Au bout de quelques semaines, Lila rentre auprès de nous. J'ai choisi ce prénom parce que sans mon amie, ma boule d'amour n'aurait peut-être jamais passé le cap. Nous l'installons dans sa chambre. Prince porte sur son visage l'expression des bienheureux. Il lui chantonne une berceuse, je ne les lâche pas des yeux. Je me souviens de la nuit de l'accouchement, je lui ai fait le plus beau des cadeaux. Je murmure :

- Prince, j'ai quelque chose à te dire.

Il demande tout bas :

- À propos de quoi ?

Je réponds d'une voix à peine audible :

- Pas ici…

Il se penche sur le lit de Lila, dépose un baiser sur son front, enclenche le mobile musical qui tourne en projetant sur le mur des étoiles rosées. Nous quittons la pièce, il ferme délicatement la porte et chuchote :

- Alors, qu'est-ce que tu voulais me dire ?

- Je te quitte !

- N'importe quoi !

Il prend tout avec détachement. Cette fois-ci, il ne s'en sortira pas avec sa fausse humeur joviale.

- Je ne suis pas dupe. Elles sont combien ?

- De quoi tu me parles ?

- Des autres…

- Il n'y a que toi. Pourquoi veux-tu mettre de l'affliction là où il y a du bonheur ?

- J'étais seule le soir de son arrivée, elle aurait pu mourir et toi, tu étais injoignable. Tu ne peux pas me mentir, je suis une femme et je sais. Tu es chez toi, je peux dormir sur le canapé le temps que je trouve un appartement pour moi et la petite.

- Tu es folle !

Je poursuis calmement :

- Baisse d'un ton, la p'tite dort. Il n'y a aucun souci, j'accepte de l'être. Je vis avec toi et pourtant, c'est sur les réseaux sociaux que j'apprends à te connaître. Sur Instagram, il n'y a même plus la photo de nous deux que tu étais fier d'exhiber.

Des larmes roulent sur mon visage.

- Tu t'en donnes à cœur joie. Des cœurs, des mots doux et encore des cœurs d'inconnues et tes réponses. Tu as perdu le sens des réalités. Tu as de la chance, tes réseaux, je ne les ai scrupuleusement regardés qu'hier, sinon je serais partie depuis longtemps. J'avais une confiance aveugle en toi.

À notre époque, l'infidélité ne se cache pas dans des mots doux oubliés dans une poche, elle est plus insidieuse. Elle nous nargue virtuellement. Il dort sur le sofa pendant un mois. Je ne lui adresse plus la parole. Je mets tellement de distance entre lui et moi qu'il finit par partir.

- Ça va être chaud pour toi de trouver un appart à Paname.

- Je vais me débrouiller.

- Tu n'auras pas de mal, j'en suis sûre.

- Qu'est-ce que tu insinues ?

- Rien…

32

J'installe Lila juste à côté de moi. Je veux l'entendre, son cœur qui bat. Je vérifie souvent son souffle. Il m'arrive de pleurer en la regardant. Elle lui ressemble tant. Le tableau était trop beau. Prince n'a jamais voulu d'attache. J'en étais consciente. J'ai cru que son amour pour moi avait réussi à le métamorphoser. Je pensais pouvoir toutes les détrôner. J'étais sa reine. Il vient chercher Lila dès que son planning le lui permet. Je ne sens plus le parfum d'autres femmes sur lui.

Les lionnes sont encore présentes avec moi. Elles deviennent une force. Je tente de reprendre leurs gestes à mon compte. Il y a de la survivance dans la maternité. Il y a de la transmission inconsciente. Je n'ai jamais souhaité devenir mère. Une décision que j'ai toujours assumée. Lui le savait. La nature m'a prise au dépourvu. En acceptant cette naissance inopinée, j'ai accepté tout le reste. Si Lila n'avait pas été malade à son arrivée, peut-être que je n'aurais pas eu ce lien qui me lie à elle. Elle ne m'a pas laissé le temps de réfléchir. Elle ne m'a pas laissé le choix.

Cet enfantement impromptu a mis fin au jeu de rôle. Prince appartient à toutes ses admiratrices. J'ai été dupe de ses cheveux blancs, je les ai pris pour un gage de maturité. De sagesse. Je l'ai aimé pour la sincérité de son amour, pour ce qu'il faisait vivre en moi. J'ai finalement repoussé l'idée de le partager parce qu'aimer à tout prix, c'est se détruire. Mes sentiments sont là, mais ce ne sont plus ses affaires. J'apprends chaque jour à m'éloigner du souvenir de ce que nous avons été. Je ne lui montre pas ce qu'il m'en coûte. Je fais la part des choses. Je discute avec lui de la petite et dès qu'il nous évoque, je fais la sourde oreille : « Tu disais… à propos de Lila ».

Je me réinvestis dans le Club Espoir. Je prévois un retour chez moi avec un groupe d'ingénieurs en agroalimentaire. Cette fois-ci, nous allons épauler les hommes pour qu'ils diversifient leurs sources de revenus. Avec le massacre des tisseuses, ils n'ont plus de ressources. Certains d'entre eux se sont remariés. Cependant, pour leurs nouvelles épouses, il est hors de question de tisser. Elles disent que cela porte malheur. Nous allons aider les agriculteurs à replanter des cultures vivrières : mil, céréales, tomates, poivrons, piments. Nous allons diminuer en surface les champs de coton, ne garder que quelques parcelles. J'ai espoir que les futures générations se remettent à fabriquer du bogolan. Je pars accompagnée de gens engagés, des êtres différents les uns des autres, mais tous unis par cette volonté de rebâtir l'optimisme à la place de l'épouvante. Pendant mon absence, Lila est prise en charge par son père, il s'en occupe sans sourciller.

Quand nous arrivons à Bamako, la chaleur nous accueille et nous enveloppe dans une brume brûlante. Des chauffeurs sont là. Notre cortège se rend au village. Je demande que l'on m'arrête devant le cimetière. Une pancarte à l'entrée indique : « Ici reposent les valeureuses tisseuses ».

Je suis en quête de la sépulture de maman. Il ne reste des sourires, de l'animation et de la joie du passé, que des corps enfouis sous des mottes de terre. Je fais la promesse à chacune d'œuvrer pour leur mémoire. Elles sont toutes mes mères.

Sans plus tarder, nous déchargeons nos effets personnels dans la bâtisse qui faisait la fierté d'Assitan. Nous sommes attendus dans la maison à palabres. Les villageois sont déjà présents.

- *Alikoum Salam* !

Ils ont traversé l'horreur, pourtant, ils sont dignes. Ils tiennent à ce que je siège à la place du chef.

- Même là-bas, vous restez celle que nous avons désignée !

Je suis confuse, j'avais oublié qu'avant le drame, cet honneur m'avait été fait. Je me dirige vers la chaise qu'on m'indique, la seule à être recouverte de bogolan. Je présente un avant-goût de nos solutions. Je les observe tous. Ils refusent de s'asseoir, écoutent, attentifs. Bien qu'ils aient tout perdu, ils gardent de leur noblesse. Ils sont impatients. Le jour même, des hectares de coton sont retournés. Des échantillons de terre sont étudiés pour savoir quels semis choisir. On explique aux paysans comment faire pour tirer le meilleur de leurs sols. Des canaux d'irrigation sont creusés.

Ce projet est une nouvelle perspective. Certains, comme moi, séjournent au pays un mois, d'autres prolongent jusqu'aux premières cultures. Durant ces courtes semaines, je m'imprègne complètement de mon environnement. Je ne désire pas m'éloigner. Je décline plusieurs invitations de Bamako. Je me lance sur les traces de ma mère. À chacun de mes pas, je l'entrevois.

Les ateliers des tisseuses sont fermés. Je les ouvre. Partout, je trouve des pièces inachevées. Je mets un point d'honneur à toutes les terminer. Quand on sait tisser, c'est pour la vie.

Une idée me traverse l'esprit, envoyer en France tous les métiers à tisser qui sont ici. J'entends transmettre à d'autres le savoir de mes aïeules. La transmission devient une évidence pour moi. Nos savoir-faire ne succomberont pas.

33

Les portes battantes de l'aéroport s'ouvrent. J'aperçois Prince avec Lila dans les bras. Je ne m'y attendais pas. Je le salue de la tête, il me tend la petite. J'embrasse les joues gourmandes de mon enfant.

- Tu as fait bon voyage ?

- Oui. Et toi, tu n'as pas eu trop de mal avec Lila ?

- Non, tout s'est bien passé comme tu as pu le voir sur WhatsApp. Je dois vraiment te parler.

Je n'en ai pas envie. Je n'attends rien de ses déclarations, je dissimule mon désintérêt.

- Tu me raccompagnes à la maison de toute manière ?

Après la tragédie, quand nous nous sommes installés à Paris, il m'a montré des signes d'affection. J'en avais besoin pour me relever. J'ai pris cela pour de l'amour exclusif. Or, l'image de l'homme idéal a fini par se craqueler, jusqu'à exploser. J'ai un sixième sens. Au premier parfum d'une autre, je me suis contenue. Une erreur est pardonnable. Chaque semaine, sa peau diffusait une nouvelle fragrance féminine. Il avait beau prendre ses précautions pour occulter ses infidélités, je les sentais toutes sur lui. J'ai fini par vivre cela comme un défi, récupérer ce qui m'appartenait. Cela m'a permis de me concentrer sur autre chose que mon deuil. Plus je me savais trompée, plus je tentais de le retenir, de le convaincre dans mes mots, mon attitude, que j'étais un être exceptionnel. J'ai mis en valeur ma beauté. Comme dans une guerre contre un ennemi invisible, je me suis battue à perte. J'y ai laissé mon amour-propre. Valait-il toute cette énergie ? Qui était-il pour que je veuille en faire une victoire ? Lila est venue au moment opportun. Il n'a été là ni pour moi ni pour elle au jour le plus important de notre vie. Il a par son absence signé ma défaite.

Nous voici arrivés devant la porte de son appartement, il semble impatient :

- Tu fermes bien les yeux !

Je joue le jeu. Il m'ouvre la porte. Je tiens Lila par la main.

- Tu peux les ouvrir maintenant.

Dans l'entrée, une tonne de pétales de roses, que Lila piétine allègrement.

- Oui et alors ?

- J'en ai mis partout.

- T'es sérieux, là ? Et tu penses que c'est ça qui va changer quelque chose ?

- Écoute-moi, je sais que j'ai merdé. C'est nul, mais je l'avoue, j'ai eu peur. Tu es la seule à qui je tiens vraiment depuis longtemps. Moi, j'étais habitué à ne vivre que pour moi. Avant toi, ma vie d'artiste et ma notoriété me remplissaient largement. Tu sais ce que cela crée chez certaines femmes. J'ai tenu bon à nos débuts. Moi, je ne sais pas aimer normalement. Tu vas trouver cela immature.

Lila introduit des fleurs dans sa bouche, je souris. Je me reprends, fais mine d'écouter ce qui semble être une litanie.

- J'avais
- besoin de temps et tout s'est passé trop vite ! Quand je suis venu à Bamako, je pensais sérieusement t'épouser, mais j'étais loin de m'imaginer que tu allais vivre avec moi aussi rapidement. Quand tu es allée mieux, je me suis senti emprisonné. J'ai cru me retrouver en allant voir d'autres femmes. À la naissance de la petite, j'ai compris que j'allais vous perdre toutes les deux.

Il baisse les yeux quand il me parle. Il se concentre. Je suis mal à l'aise. Je suis incapable de discerner en lui ce qui est vrai.

- Tu as donc attendu la naissance de Lila pour te rendre compte que tu m'aimes ? Moi, je ne t'ai rien demandé !

Il s'agenouille. Ses mains tremblent. Il sort de son veston une petite boîte recouverte de velours bleu.

- Je suis un idiot qui s'exprime mal. Je t'aimais avant la naissance de Lila. Tu le sais. Je te promets qu'il n'y a eu personne depuis que j'ai quitté l'appartement.

Il ouvre difficilement l'écrin qui contient un saphir.

- Je n'en veux pas !

- Je comprends.

L'image d'Assitan m'apparaît. Elle disait toujours que tous les hommes se valent et qu'il vaut mieux donner sa chance à un idiot qu'on connaît déjà.

- Relève-toi. Je n'en veux pas de ton bijou. J'accepterai ta bague quand tu auras fait tes preuves. On peut essayer d'écrire une autre histoire pour la petite. Fais attention à toi, j'ai un très bon nez. À la moindre suspicion, tu perdras ma trace et la sienne à jamais.

34

Courir, m'habiller, régler les derniers détails, finaliser les ultimes achats, donner des instructions aux serveuses et aux serveurs, confier Lila à une nounou, vérifier le micro, la sono, apporter des modifications au plan de table. Cette journée me semble interminable. Je ne suis pas encore prête. Les premiers invités arrivent dans des voitures luxueuses. Les femmes, vêtues comme pour un jour de bal, se font la bise du bout des lèvres et se congratulent. Dans ce monde-là, on aime en mettre plein la vue. Le gotha abuse des superlatifs.

Au Club Espoir, nous avons sciemment visé ce public. Ces gens sont capables, par rivalité d'ego, de vite faire grimper les enchères. Ils ne sont pas à mille ou deux mille euros près. Nous avons envoyé à chacune et chacun de ces convives un carton d'invitation sous forme de vidéo avec une trame narrative implacable : convoquer à nouveau les lionnes et leur sort, dire l'horreur de la décapitation, aller aux origines de Bogolan Inc. Justement, Joséphine et Krim sont attendus pour dire quelques mots sur les tisseuses. Pour elle, nous avons obtenu une réponse. Lui ne s'est pas déclaré. Ce n'était pas mon idée, mais celle de mon amie Lila. Elle m'a convaincue : « Chez moi, on a fait la concorde civile. On a tous été obligés de faire la paix. Alors toi et le duo, vous pouvez bien faire un effort. Il n'y a pas eu de victimes de sang à ce que je sache. Juste un peu de poussière d'amour. Et maintenant, tu as Prince, il y a prescription comme une loi qu'on abroge. Vous étiez tous un peu coupables et innocents ».

Je dispose d'à peine cinq minutes avant de monter sur scène pour remercier les participants et présenter les pièces de bogolan que j'ai terminées au village et qui seront mises en vente durant cette soirée de gala, qui a pour but de financer une une école de fabrication de textiles africains à Paris. Je savoure ce moment où, enfin, je suis assise. Je ne veux penser à rien d'autre qu'à ces cinq petites minutes. Dans cette minuscule pièce décorée de miroirs lumineux, j'ai l'impression de me préparer pour un spectacle. La maquilleuse étale avec ses mains douces une crème sur mon visage, elle me caresse avec une éponge imbibée de fond de teint. Un peu de fard à joues, un peu de couleur sur mes paupières. J'épingle une broche brillante sur ma chevelure afro, applique un brin de rouge sur mes lèvres. J'enfile un costume Armani et une chemise coupée dans du bogolan. Me voici d'attaque. Je sors, longe le couloir, j'y suis presque quand Joséphine m'intercepte.

- Attends, je dois te parler !

- Je crois que tu choisis mal ton moment, je n'ai pas le temps.

- Je sais, je voulais juste m'excuser pour tout. Je sais que tu vas croire que je joue une fois de plus, mais je n'irai mieux que si tu me pardonnes. Cela fait partie de mon travail.

- Tu es excusée.

Je prononce ces paroles pour m'en débarrasser. On pardonne à un homme qu'on aime, jamais à une amie qui vous trahit. Le premier, vous savez qu'il vous fera un jour une entourloupe, vous vous y attendez. La complice, vous croyez qu'elle est comme vous et que jamais elle ne cherchera à vous nuire. Il est là, le pacte d'une amitié sans faille : prends-moi comme je suis et n'use pas de mes faiblesses pour m'offenser. Elle a carrément ruiné ce lien.

- Une dernière chose.

Quoi encore ?

Je souffle d'agacement.

- Je suis vraiment désolée pour ta mère... pour les tisseuses... je suis sincère. C'est affreux tout ça !

Oui, là, en effet, elle est sincère.

Lorsque je pénètre dans la salle, un tonnerre d'applaudissements retentit. Cette ovation est dédiée à Assitan et aux tisseuses. Les lionnes sont là avec nous. Elles ne me quitteront jamais. Elles ont fait de moi ce que je suis. Après chaque adjudication, un membre du club vient s'exprimer sur l'association. C'est son tour. Je ne supporte même plus le timbre de sa voix. Pourtant, je l'acclame et lui passe le micro en arborant un large sourire.

- J'ai longtemps qualifié cette matière de « quatre bouts de tissu ». Ce textile porte en lui la magie de la terre et de ce monde. Moi, quand le bogolan est entré dans ma vie, il en a modifié jusqu'à l'essence et m'a inspiré un souffle nouveau. Je lui en serai éternellement reconnaissante.

Krim n'est pas venu. Il a dû complètement tourner la page. Le jour de mon installation dans l'appartement, il m'avait dit : « Les gens comme elle n'aident jamais les gens comme nous sans arrière-pensée. Ils ne peuvent pas nous aimer parce qu'ils se sentent supérieurs. Ils chercheront toujours à nous nuire, même dans leurs amours, parce que les barrières entre eux et nous, ce sont eux qui les érigent pour que jamais nous ne parvenions à leur hauteur. Un jour, je reprendrai mes études pour trouver le moyen d'enrichir les plus pauvres ». Il m'avait mise en garde.

Je n'arrive toujours pas à comprendre par quel mécanisme elle a réussi à le prendre dans ses filets.

À présent, tout cela n'a plus d'importance. J'ai d'autres batailles à mener.